로크미디어가
유혹하는
재미있는 세상

ROK
MEDIA
로크미디어

아이템
매니아

아이템 매니아 4

2017년 9월 4일 초판 1쇄 인쇄
2017년 9월 7일 초판 1쇄 발행

지은이 오메가쓰리
발행인 이종주

기획 팀 이기헌 왕소현
책임 편집 최이슬

발행처 (주)로크미디어
출판등록 2003년 3월 24일
주소 서울시 마포구 성암로 330 DMC 첨단산업센터 3층 314호
Tel (02)3273-5135 **Fax** (02)3273-5134
홈페이지 rokmedia.com **E-mail** rokmedia@empas.com

ⓒ 오메가쓰리, 2017

값 8,000원

ISBN 979-11-294-0478-7 (4권)
ISBN 979-11-294-0457-2 04810 (세트)

contents

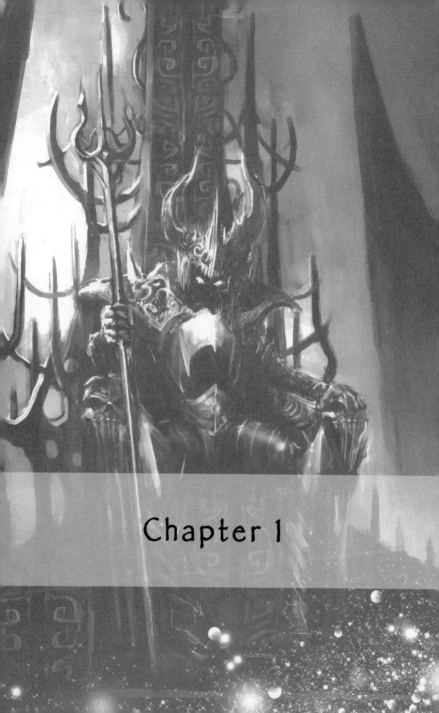

Chapter 1

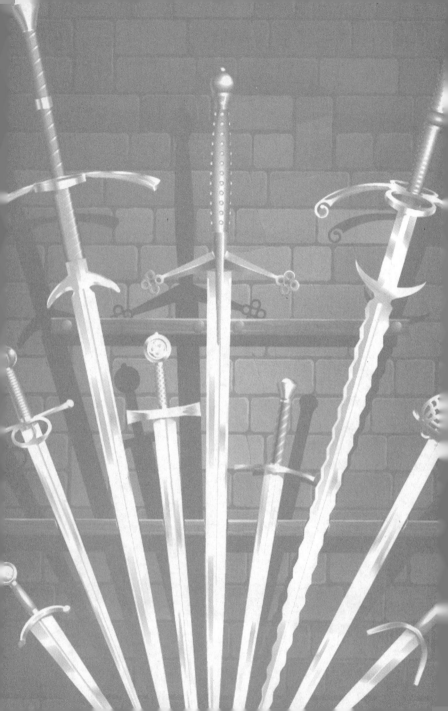

바람 소리만이 고요히 울리는 흑백의 공간.

이 단절된 차원 속에 있는 정훈은 바로 눈앞에서 펼쳐진 폭발 속에서도 무사할 수 있었다.

'미쳤군.'

그 폭발의 여파를 지켜본 짧은 감상이었다.

예상을 훨씬 뛰어넘는 위력이었다.

애초 예상하기론 궁전의 절반 정도가 날아가지 않을까 했지만, 아예 통째로 소멸해 버렸다.

남은 것이라곤 돌 부스러기와 수많은 적이 산화하며 남긴 전리품들이었다.

지면 가득히 반짝이고 있는 그 모든 건 정훈의 소유였다.

폭발을 일으킨 마법 폭탄이 그의 것으로 인식되었기 때문이다.

'녀석들은 어떻게 됐지?'

하지만 지금 중요한 건 전리품 따위가 아니었다.

그의 관심사는 오직 3대 재앙의 생사에만 쏠려 있었다.

'폭발이 너무 강렬했어.'

멀쩡히 두 눈을 뜨고 있었지만, 폭발로 발생한 빛이 너무 강렬해 상황을 확인하진 못했다.

보이는 것만으론 모두가 소멸한 듯했다.

'그렇지 않을 가능성이 더 높지.'

만약 펜릴과 요르문간드만 있었다면 소멸을 확신했을 것이다.

하지만 헬이 있다면 이야기가 달라진다.

다양한 권능을 지닌 그녀라면 필시 무슨 방법을 냈을 터.

'물론 소멸의 가능성도 배제할 순 없지만.'

확률은 반반이다.

하지만 결코 차원과의 단절을 푸는 일은 없었다.

그는 목숨을 담보로 한 일에 모험할 정도로 어리석은 이가 아니었다.

하릴없이 시간을 보냈다. 아니, 그건 누군가를 기다리는 시간이었다.

정훈이 기다리는 이, 그는 바로 하데스였다.

얼마 지나지 않아 하데스와 그의 부하들이 폐허가 된 궁전으로 진입했다.

"허허, 억겁의 세월 동안 자리를 지켰던 궁전이 소멸하였구나."

정훈과 사전에 약속한 바는 궁전에 소란이 이는 대로 움직이겠다는 것이었다.

그런데 막상 일어난 건 소란 정도가 아니었다.

억겁의 세월 동안 이 세계를 떠받들고 있었던 죽음의 궁전이 폭삭 내려앉아 버린 것이다.

일거에 적을 쓸어 버렸다는 안도감, 궁전을 잃은 허망함, 그리고 이 모든 일을 벌인 정훈에 대한 약간의 원망 등 복합적인 감정이 소용돌이쳤다.

하지만 그 모든 건 이미 지나간 일.

어차피 궁전이야 새로 지으면 그만이다.

지금 당장 중요한 건 케케묵은 감정이 아니라 왕좌를 다시 되찾는 것이다.

"은인, 고생이 많았소."

하데스의 시선이 한곳에 머물렀다.

그곳엔 차원과의 단절로 존재를 감춘 정훈이 있었다.

'역시.'

지금껏 그 누구도 눈치채지 못했던 존재를 본다.

그것도 별다른 감지 아이템을 사용하지 않고도 말이다.

그건 하데스가 지닌 권능의 특징이었다.

사자의 눈은 모든 사물을 꿰뚫어 본질을 볼 수 있다.

단절된 차원 너머의 존재마저도 말이다.

"그리고 오랜만이오, 부인."

곧장 시선을 돌린 하데스가 빈 곳을 응시하며 말했다.

분명 빈 곳이었다.

하지만 하데스의 말과 함께 공간이 일그러졌다.

이내 찢어진 그곳에서 나오는 건 3대 재앙, 펜릴과 요르문간드, 그리고 헬이었다.

"오랜만이에요, 낭군님."

정훈에겐 들려 주지 않았던 진성眞聲이 나왔다.

짧은 대화를 통해 두 사람의 관계를 파악하는 건 어렵지 않은 일이었다.

한때 둘은 부부 사이였다.

헬이 지독한 저주로 하데스를 나락으로 떨어뜨리기 전까진 말이다.

"묻고 싶은 게 많소."

기억을 되찾은 그의 머릿속에 가장 먼저 떠오른 건 의문이었다.

왜 아내가 자신을 해한 것일까.

사이? 나쁘지 않았다.

금슬이 좋다는 이야기도 종종 있었을 정도로.

업무에 소홀해 내버려 두는 일도 없었다.

항상 그녀와 많은 대화를 나누길 원했고, 평화로운 나날을 보냈다.

그런데 왜? 왜 그녀는 남편을 비정하게 내쳐야만 했던 것일까.

"권력이 그리 가지고 싶었소?"

단 하나 생각할 수 있는 건 권력이다.

모든 죽은 자들의 정점에 설 수 있는 위치. 충분히 욕심이 날 만한 자리였다.

"이미 지나간 일이에요. 굳이 캐물어야 할 이유가 있나요?"

의문에 대한 답은 주지 않았다.

"그렇지. 모두 지나간 일이지. 그럼 그 지나간 일에 대한 벌을 달게 받을 각오도 되어 있겠군."

"누가 벌을 받을지는 두고 봐야 할 일이죠."

질끈 입술을 깨문 헬이 양쪽에 선 동생들에게 신호했다.

―하찮은 녀석들 같으니!

―남김없이 삼켜 주마.

상대 병력은 수천. 그에 반해 헬은 고작 셋에 불과했다.

어딜 봐도 승산이 없는 싸움이었지만, 물러서는 일은 없었다.

하나하나가 일만의 병력을 살해할 만한 정예들이었기 때문이다.

"으, 으악!"

"괴물, 괴물이다!"

"물러서지 마!"

그 증거로 곳곳에서 비명이 터져 나왔다.

봉인에서 벗어난 늑대 펜릴의 움직임은 빠르다는 말만으론 표현할 수 없을 정도였다.

휙.

바람이 스치면 어김없이 사지가 찢겨 나간 시체가 늘어났다.

더 놀라운 건 시간이 지날수록 느려지긴커녕 더욱 빨라진다는 점이었다.

이는 펜릴이 지닌 고유 권능인 피의 욕망 때문이었다.

주변에 흐르는 피의 양이 많아질수록 펜릴의 공격과 이동 속도는 비약적으로 상승한다.

그 속도로 인해 다수의 포위 진형이 전혀 소용이 없었다.

모두가 오로지 눈뜬장님처럼 목숨을 헌납해야만 했다.

요르문간드의 활약도 빼놓을 순 없다.

애초에 그의 단단한 비늘을 뚫을 만한 공격도 없었지만, 운 좋게 피해를 준다 해도 소용없는 일이었다.

꿀꺽.

몸통으로 조여 압사시킨 수십의 병사들을 한입에 삼켰다.

그리고 그 순간 요르문간드의 몸에 나 있던 상처가 빠르게 아물었다.

포식.

먹이를 삼키면 육체의 피해를 복구하는 사기적인 권능이었다.

특히 장내엔 먹잇감이 널려 있는 상황.

단숨에 숨통을 끊어 놓지 않는 이상 요르문간드가 먼저 쓰러질 일은 없을 터였다.

한편 동생들이 사투를 벌이는 동안 헬은 하데스를 응시한 채 그 자리만을 지키고 서 있었다.

그리고 그건 하데스도 마찬가지였다.

두 사람은 눈싸움이라도 하듯 서로를 바라보고만 있었다.

"언제까지 그렇게 바라보기만 할 거죠? 혹 다 이긴 싸움이라 손을 놓고 있는 건가요?"

"일단은 그리 생각하고 있소. 아무리 그대의 동생들이 강하다곤 하나 내 부하들도 만만치는 않으니."

괜한 자신감이 아니었다.

하데스 진영은 처음엔 일방적으로 당하는 듯싶었으나 어느새 반격을 펼치는 중이었다.

그 시작은 하데스의 정예 부대인 임모탈이 나서면서였다.

세간엔 흑풍이라 알려진 이 부대는 누구도 쫓지 못했던 펜릴을 따라 잡았으며, 생채기 하나 쉽게 내지 못한 요르문간드의 몸을 베었다.

검에 깃든 부패의 저주는 사기적인 권능의 진행 속도를 더디게 해 점차 피해를 늘려 갔다.

그 강력함을 자랑하던 두 재앙이 제압당하는 건 시간문제일 뿐이었다.

"그렇게 쉽게 끝날 순 없죠."

명백히 불리한 상황. 의미심장한 미소를 지은 헬이 불길한 검은 빛을 띤 광석을 지면에 던졌다.

지면에 닿은 광석은 아이스크림이 녹듯 흡수되어 사라졌다.

쿠쿠쿠쿵.

그리고 엄청난 굉음과 함께 지면에 균열이 일었다.

갈라진 틈새 사이로 거대한 팔이 솟구쳤다.

그건 하나가 아니었다.

수십의 거대한 팔이 틈새 사이를 비집고 나오더니 이내 그 모습을 드러냈다.

갑작스레 장내에 나타난 건 거인이었다.

8미터가 넘는 거대한 덩치, 상반신은 인간과 흡사했고 하반신은 비늘 가득한 뱀과 같았다.

"기간테스……."

그 광경을 목격한 하데스가 침음성을 삼켰다.

기간테스.

올림포스 신들의 주적이자 가장 위험한 존재이기도 했다.

"감히 기간테스와 결탁하였단 말이냐!"

지금까진 별다른 내색조차 보이지 않던 하데스였지만, 지금 그는 이글거리는 눈으로 헬을 노려보고 있었다.

그 모습에 움찔한 헬이 뭔가 말하려고 입술을 벙긋거렸다.

"그건 네 녀석이 지하의 왕좌에 어울리지 않기 때문이지."

헬을 대변한 것은 기간테스 중 하나였다.

다른 이들과 달리 가슴에 녹색용 문양을 새긴 그는 하데스에게도 익숙한 얼굴이기도 했다.

"그라티온, 네 녀석이⋯⋯!"

모든 기간테스를 다스리는 24장군 중 하나인 그라티온.

전장에 있어야 할 그가 이곳에 모습을 드러낸 것이었다.

"나와 우리 기간테스는 재앙의 여제만이 이 세계를 다스릴 만한 재목이라 판단하고 있다. 그렇기에 하데스, 넌 얌전히 사라져 줘야겠다."

"감히!"

분노한 하데스의 주위로 죽음의 기운이 뿜어져 나왔다.

마치 폭풍이 치듯 강렬한 기세가 사방으로 몰아닥쳤다.

과연 죽음의 왕.

모두가 그 기세에 숨을 죽일 수밖에 없었다.

"어리석긴. 네 녀석은 절대 우릴 쓰러뜨릴 수 없다."

전율이 일 정도로 강력한 기운에도 그라티온은 여유롭게 웃었다.

그건 다른 기간테스들 또한 마찬가지였다.

대지의 여신이자 모든 신의 어머니인 가이아의 축복을 받고 태어난 그들은, 올림포스 신에게 죽지 않는 운명을 타고났던 것이다.

빠득.

물론 이를 알고 있던 하데스는 반박하지 못하며 이를 갈 뿐이었다.

'기간테스라니!'

한편 아직도 단절된 차원 속에서 돌아가는 상황을 살펴보던 정훈 또한 예상하지 못한 이들의 등장에 놀라고 있었다.

수십 번 헬과의 전쟁을 치렀지만, 기간테스가 등장한 건 이번이 처음이었다.

'3막이라서? 아니면 왕의 창고를 건드렸기 때문에?'

생각할 수 있는 변수는 두 가지였다.

고작 3막에 불과한 시간에 죽은 자들의 세계에 방문한 것.

그리고 매번 텅텅 비어 있던 왕의 창고를 털어먹은 것.

'아니. 이유야 어찌 됐든 중요한 건 그게 아니지.'

선택의 순간이었다.

하데스를 도와 기간테스를 쓰러뜨리거나 당장 귀환의 서를 이용해 탈출하거나.

사실 안전을 위해선 당장 탈출해야 하는 게 옳다.

'그러기엔 지금까지의 고생이……'

정말 힘겹게 펜릴과 요르문간드를 쓰러뜨렸고, 이제 헬만 처치하면 마지막 퍼즐이 완성된다.

힘겨웠던 노력을 생각하니 쉽게 발이 떨어지지 않았다.

미련을 떨치지 못한 정훈이 전황을 살폈다.

적의 수는 15.

3대 재앙과 12명의 기간테스.

그에 반해 아군은 하데스를 비롯한 수천의 병력이었다.

그것도 선봉대일 뿐, 앞으로 수만의 병력이 더 이곳으로 모여들 것이다.

'기간테스만 아니었다면 해볼 만한데.'

월등한 아군의 숫자.

하지만 적이 기간테스라면 그 모든 게 무의미했다.

괜히 올림포스 신들의 주적이라고 불리는 게 아니다.

기간테스 하나하나의 힘은 3대 재앙을 능가하는 정도였다.

'내가 도움을 줄 만한 상황이 아니다. 일단 빼자.'

지금까지의 모든 공이 수포로 돌아가겠지만, 괜한 모험으로 목숨을 버릴 순 없는 일이었다.

이건 언제든 다시 시작할 수 있는 게임이 아니니 말이다.

결심에 이른 정훈이 귀환의 서를 꺼냈다.

현재 저장된 위치는 베로나 영지에 있는 자신의 거주지.

이를 찢는 순간 다시는 돌아오지 못하겠지만, 선택할 수 있는 여지가 없었다.

이윽고 결심한 정훈이 귀환의 서를 찢으려는 그 순간이었다.

–은인, 한 번 더 도와줄 수 있겠소?

기간테스와 대치 중이던 하데스가 의지를 전해 왔다.

–미안하지만, 더는 도움을 드리지 못할 것 같군요. 제가 상대할 만한 적이 아닙니다.

정훈 역시 마음의 서를 이용해 의지를 전달했다.

물론 제안의 수락이 아닌 거절의 의사였다.

–그렇지 않소. 지금 이곳에서 은인만큼 강력한 조력자는 없을 것이오.

–과대평가입니다.

–길게 설명할 시간이 없으니 간단히 말하겠소. 오직 인간, 그것도 숨이 붙어 있는 이만이 기간테스를 쓰러뜨릴 수 있다는 신탁이 있었소.

그건 정훈도 알고 있는 사실이었다.

오직 살아 있는 인간만이 기간테스를 죽음으로 이끌 수 있었다.

–그렇다 한들 제 힘으론…….

–은인은 가만히 지켜보다가 때가 되면 녀석들에게 결정타를 먹이기만 하면 되오.

전해지는 하데스의 의지엔 자신감이 넘쳤다.

–이제 시간이 없소. 어찌하겠소?

기간테스가 본격적으로 움직이기 시작했다.

결정을 내려야만 하는 순간이었다.

'방법이라……'

헬이 지닌 마지막 퍼즐도 그렇지만 하데스의 말이 더 끌렸다.

만약 그의 말이 사실이고, 12명의 기간테스를 독식할 수만 있다면…….

'어마어마한 전리품을 얻을 수 있겠지.'

기간테스를 본 적은 있지만, 처치한 적은 없다.

하지만 반신을 능가하는 괴물들이라면 그 전리품 또한 범상치 않을 터.

'그래. 조금 더 상황을 지켜보자.'

아직 차원과의 단절이 유지되고 있다.

고민할 게 뭔가.

하데스의 호언장담처럼 쓰러뜨릴 만한 기회가 있다면 나설 것이고, 그렇지 않다면 몸을 빼면 그만이었다.

—도울 만한 기회가 온다면 돕겠습니다.

—고맙소!

상황이 긴박해지자 하데스는 빠르게 화답했다.

"죽음의 왕으로서 명하노니, 모든 죽은 자들은 나를 보호하라!"

그의 외침이 장내는 물론 세계 곳곳으로 울려 퍼졌다.

"왕의 명을 받듭니다!"

모든 죽은 자들이 그의 명령에 답했다.

두 재앙을 상대하고 있던 임모탈을 비롯해 모든 병력이 하데스 주위를 호위했다.

그들의 보호 아래에 놓인 하데스는 곧 엄청난 기운을 방출하기 시작했다.

단지 기운을 방출하는 것만으로도 주변이 요동칠 정도의 어마어마한 기세였다.

"무슨 수작이냐!"

적어도 이곳에서만큼은 불사라는 건 알지만, 그래도 뭔가 찜찜했다.

하데스의 노림수를 원천봉쇄하기 위해 기간테스들이 몸을 날렸다.

"왕을 보호하라!"

이를 저지하기 위해 많은 이들이 육탄방어를 펼쳤다.

아무리 기간테스가 압도적인 강함을 지니고 있다고 해도 목숨을 도외시한 방어엔 애를 먹을 수밖에 없었다.

그렇게 잠깐의 대치 후, 그들의 희생을 발판 삼아 마침내 하데스의 주문이 완성될 수 있었다.

"죽음의 손길에선 그 누구도 벗어날 수 없다."

그가 지닌 죽음의 기운이 사방으로 뻗어 나갔다.

으아아!

망령의 울부짖음이 울려 퍼지자 딱딱하던 지면이 검게 변했다.

색만이 아니라 형질 자체가 변해 근방의 지면이 망자의 강이 되었다.

"이 무슨······!"

그 변화에 그라티온마저 당황했다.

환영이 아닌 일대의 형질 자체를 변화시키는 능력이라니.

신의 격을 지닌 그에게도 불가능한 일이었다.

하지만 놀라고 있을 틈이 없었다.

기간테스는 본디 대지의 힘을 부여받은 존재.

수중에선 본신의 힘을 발휘하기가 힘들었다.

불리한 전장을 이탈하기 위해 몸을 솟구쳤다. 아니, 솟구치려고 시도했을 뿐이었다.

으어.

망자의 울음과 함께 검은 손이 튀어나와 그들을 결박했다.

"놔라!"

발버둥 치며 뿌리치려 했지만, 쉽지 않은 일이었다.

ㅡ지금이오!

기간테스는 물론 3대 재앙마저도 결박당한 상황.

하지만 지속 시간은 그리 길지 않다.

이를 유지하기 위해선 방대한 마력이 필요했던 탓이다.

'간다.'

고민은 찰나에 불과했다.

눈앞에 진수성찬이 마련되어 있다.

여기에 숟가락만 얹으면 되는 상황인데 마다할 이유가 없었다.

게다가 그에겐 무력화된 기간테스를 쓰러뜨릴 비장의 무기가 존재했다.

보관함에서 황금빛 광채를 뿜내는 장궁을 꺼냈다.

따뜻한 기운을 지닌 그것은 아폴론의 활.

적에게는 치명적인 상처를 아군에게는 재생의 능력을 부여하는 성물급 무기였다.

보통은 화살 없이 마력으로 이를 대체하지만, 지금은 경우가 달랐다.

활에 이어 화살을 꺼냈다.

그것 역시 황금빛을 뿜내고 있었으나, 촉끝에는 진한 녹색 기운이 머물러 있었다.

'설마 이걸 내가 쓸 줄은 몰랐네.'

헤라클레스가 참전한 올림포스 신과 기간테스의 전쟁 기간토마키아.

그 전쟁에서 올림포스 진영에 섰던 정훈은 승리를 위해 히드라의 독이 묻힌 화살을 제작했다.

지금 수중에 있는 건 전쟁 중 사용하고 남은 18발의 화살.

다행히 12명의 기간테스를 노릴 만한 양이었다.

시간의 촉박함을 알기에 12발의 화살을 동시에 시위에 메겼다.

차례차례 사냥감을 응시한 그는 몸속 마력을 모두 쥐어짜 화살에 부여했다.

비록 하데스나 다른 기간테스에 비해 부족하다지만 정훈이 지닌 마력도 대단한 수준.

엄청난 기가 응집되며 그 절정을 이루었다.

터엉!

마침내 시위를 떠난 12발의 화살이 유연한 곡선을 그리며 날아갔다.

활 숙련도가 50레벨에 이른 그의 솜씨는 명궁이라 해도 될 만한 것이었다.

12발 화살은 제각기 흩어져 정확히 12명 기간테스의 미간으로 쇄도했다.

"이따위 화살론 어림없다!"

쇄도하는 화살을 본 기간테스가 코웃음 쳤다.

고작 인간 나부랭이가 날린 화살.

제법 강력한 기운이 깃들긴 했으나 그들에겐 한참 부족했다.

그들이 즐겨 사용하는 바위를 깎아 만든 곤봉으로 이를 막으려고 했다.

하지만……

"맞서지 마, 피해!"

과연 24대장 중 하나.

심상치 않은 기운을 감지한 그라티온이 맞서지 말라 명했지만, 이미 상황은 돌이킬 수 없었다.

퍽!

자랑하는 바위 곤봉이 부서졌다.

간단히 곤봉을 통과한 화살은 정훈의 의지대로 11명의 기간테스 미간을 뚫었다.

후에 거의 모든 기간테스를 학살한 헤라클레스의 무기.

그 기운이 깃들어 있는 만큼 정면으로 대결해선 안 되는 것이었다.

—대지의 수호자 기간테스 처치. '언령 : 대지에 선 자' 각인.

—기간테스를 동시에 5명 이상 처치. '언령 : 대지의 파괴자' 각인.

—기간테스를 동시에 10명 이상 처치. '언령 : 대지의 폭군' 각인.

언령 : 대지에 선 자
획득 경로 : 기간테스 처치
각인 능력 : 대지 속성 +5퍼센트, 모든 거인 종족에 관한 피해 +10퍼센트

언령 : 대지의 파괴자
획득 경로 : 동시에 5명 이상의 기간테스 처치
각인 능력 : 대지 속성 +10퍼센트, 모든 거인 종족에 관한 피해 +15퍼센트

> **언령 : 대지의 폭군**
>
> **획득 경로 :** 동시에 10명 이상의 기간테스 처치
> **각인 능력 :** 대지 속성 +20퍼센트, 모든 거인 종족에 관한 피해 +30퍼센트

처치하기 힘든 괴물들인 만큼 처치 업적으로 인한 언령도 대단한 효과를 자랑했다.

다만 아쉬운 유일한 한 가지는 모든 기간테스를 처리하지 못했다는 점이었다.

"감히 내 형제들을…… 으극!"

용케 하데스가 펼친 결속을 풀고 정훈의 일격을 회피한 그라티온.

눈 깜짝할 사이 형제 11명을 잃은 그의 분노는 극에 달해 있었다.

"용서 못 한다!"

하데스는 이미 안중에도 없었다.

오직 죽은 형제들의 복수를 위해 매섭게 쇄도했다.

"아니. 아직 내 차롄 아닌 것 같은데."

위기의 순간에도 정훈은 여유를 잃지 않고 있었다.

어느새 자신의 앞을 막은 든든한 등, 바로 하데스를 확인했기 때문이다.

"감히 은인에게 손댈 수 없을 것이다, 그라티온!"

비록 마력의 손실은 막대하나 아직 체력적으로는 건재했다.

3대 재앙이 남아 있다곤 하나 부하들이 견제하고 있는 덕에 안심하고 정훈을 보호할 수 있었다.

"하데스, 이놈!"

이내 강력한 두 존재가 격돌했다.

그 싸움의 여파에 휘말리지 않도록 멀찍이 뒤로 몸을 빼낸 정훈은 두 괴물의 전투를 지켜봤다.

쾅쾅!

치열한 공방전.

그 공격 하나하나가 강력하기 그지없었다.

'최소 패의 끝. 어쩌면 존에 이르렀을지도.'

예상만 할 수 있을 뿐, 정훈으로서도 측정 불가능한 수준이었다.

제대로 싸웠다면 불과 1분도 버티지 못한 채 죽음에 이르렀을 게 분명하다.

'하긴 너무 욕심을 내긴 했지. 내가 올 수 있는 수준이 아닌데.'

조급한 마음에 조금 욕심을 냈던 게 화근이었다.

애초에 죽은 자들의 세계는 이제 갓 3막에 입문한 이가 올 만한 곳이 아니었다.

기간테스라는 변수를 제외하더라도 3대 재앙과 같은 괴물들이 등장하는 곳.

최소 패의 경지에 도달하기 전까진 욕심을 부려선 안 되었다.

'그래도 아예 수확이 없는 건 아니니.'

하데스의 도움으로 10마리의 기간테스를 처리했다.

덕분에 놀라운 효과의 언령과 함께 아직 회수하지 못한 전리품아 남아 있었다.

거리를 계산하며 렐레고의 부적을 발동하자 주변에 떨어진 전리품이 모두 그의 보관함 속으로 들어왔다.

'이건?'

과연 기간테스라는 명성에 걸맞게 온갖 화려한 아이템이 들어왔다.

하지만 그중에서 정훈의 눈길을 사로잡은 건 본래의 형체를 알 수 없는 검은 무쇠 파편이었다.

'스퀴테의 파편이라······.'

그도 처음 본 것이지만, 보관함에 들어온 즉시 사용 용도를 파악할 수 있었다.

스퀴테.

대지모신 가이아 내부 원한의 샘에서 꺼낸 결정을 다듬어 만든 낫.

태고급의 이 무기는 본래 크로노스의 소유였으나 올림포스 신들에게 패한 후 파편으로 나뉘어 소수의 기간테스가 이를 보관하고 있었다.

현재 정훈의 수중에 들어온 파편은 2개.

총 30개, 앞으로 28개의 파편을 모아야만 스퀴테의 원형을 복구할 수 있게 된다.

'태고급 무구의 단서를 여기서 얻는구나.'

현재 정훈이 얻은 최고 등급은 불멸이었다.

지난번 황금병을 통해 태고급 무구를 얻을 수 있지 않을까 기대하기도 했지만, 아직 태고급의 단서도 얻지 못하던 상황이었다.

하지만 드디어 태고급 무구의 단서를 얻을 수 있었다.

'그것도 스퀴테라니.'

정훈이 알고 있는 한 스퀴테는 태고급 중에서도 최상위에 속하는 강력한 무기였다.

그의 시선이 하데스와 격돌 중인 그라티온에게 향했다.

'24대장쯤 되면 파편은 반드시 가지고 있겠지.'

예상컨대 그라티온은 스퀴테의 파편을 지니고 있을 것이다.

'스퀴테의 파편에 마지막 재앙의 증표까지. 역시 여긴 그냥 지나갈 수 없겠어.'

이제 어느 정도 목적을 달성한 마당에 그냥 돌아갈까 싶기도 했지만, 그럴 수 없게 되었다.

반드시 이곳에서 모든 적을 말살한 뒤 그 전리품을 챙기고 말 것이다.

하지만 그러기 위해선 반드시 넘어서야 하는 관문이 있었다.

기간테스를 이끄는 24대장 중 하나인 그라티온.

비록 하데스가 막고 있고 있었지만, 그것도 얼마 가지 못할 것이다.

올림포스 신은 기간테스를 죽이지 못할 뿐 아니라 대규모 구속 마법으로 인해 하데스의 힘이 많이 빠진 상태기 때문이다.

하데스의 부하들은 3대 재앙에 묶인 상태였기에 도움이 되지 못한다.

이제 얼마 지나지 않아 그라티온이 하데스를 뿌리치고 정훈을 노릴 것이다.

지금 상태라면 변변한 저항도 하지 못한 채 죽음을 맞이하겠지만.

'지금 다 쏟아붓는다.'

준비해 둔 모든 것을 쏟아부을 순간이었다.

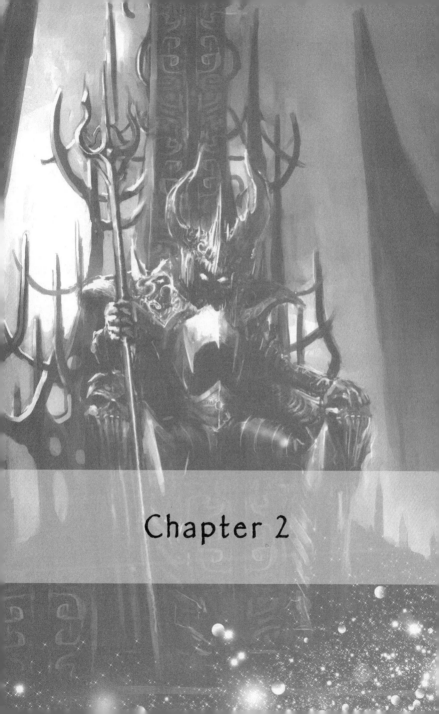

Chapter 2

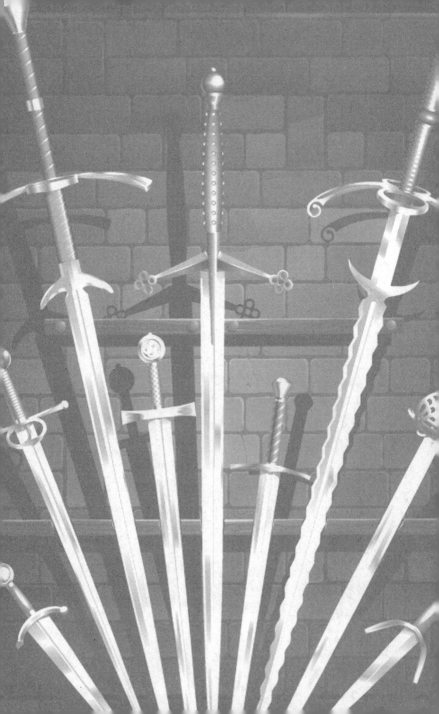

그의 보관함엔 그간 모아 두었던 것과 조금 전 대폭발을 통해 얻은 운명의 주사위가 가득한 상태였다.

먼저 은과 진은의 주사위만을 추렸다.

그 양은 무려 8천 개에 달했다.

지체 없이 하나로 겹친 주사위를 바닥에 뿌렸다.

타타탁.

지면에 닿은 은빛 광택의 주사위는 곧 8천 개로 분열하며 요란한 소릴 냈다.

이번에는 운이 없었던지 더블이 발생하지 않았다.

하지만 상관없었다.

어차피 8천 개의 주사위가 그의 능력치를 강에서 패로 성장시켜 주었기 때문이었다.

그리고 아직 그의 성장은 끝나지 않았다. 은과 진은의 주
사위보단 적은 양이지만 그래도 꽤 많은 4티어 주사위인 황
금과 백금 주사위가 남아 있었다.

황금빛 광채의 주사위가 바닥을 굴렀다.

–더블! 한 번 더 찬스!

모든 주사위의 눈이 2를 보이며 더블이 발생했다.

이어진 주사위의 모든 눈이 6을 나타냈다.

하지만 더블이 적용되는 건 처음 한 번뿐. 모든 능력치가
고루 상승했다.

'아직 부족해.'

하지만 아직 정훈은 만족할 줄 몰랐다.

일반 기간테스라면 모를까 그라티온을 상대하기 위해선
더 막강한 힘이 필요했다.

이를 위해 지금껏 아껴 두었던 능력의 씨앗을 꺼냈다.

오직 보스 몬스터를 처치해야만 얻을 수 있는 능력의 씨앗.

종류에 따라 해당 능력치를 무조건 10 상승시켜주는 희귀
아이템이었다.

패의 경지쯤 되면 운명의 주사위로 상승하는 능력치가 대
폭 하락한다. 그렇기에 능력의 씨앗을 사용하려면 지금이 적

기였다.

손에 잡히는 대로 모든 씨앗을 입안에 우겨 넣었다.

벅차 보이는 양이지만, 속성 보석이 그러했던 것처럼 입안에 넣는 순간 스르르 녹아내려 달콤한 과일과 같은 맛을 냈다.

수십 개에 이르는 모든 씨앗을 남김없이 삼켰다.

한정훈

근력(覇) : 1,521
강인함(覇) : 1,457
순발력(覇) : 1,652
마력(覇) : 1,494

보너스 능력치 1천을 제외해도 대부분의 능력치가 패의 끝을 바라보고 있었다.

채 5분이 지나기도 전 그는 완전히 다른 사람으로 환골탈태한 것이다.

물론 이러한 변화를 알고 있는 건 그 자신뿐이었다.

"죽어라!"

결국엔 하데스를 뿌리친 그라티온이 달려들고 있었다.

"죽는 건 내가 아니라 너지."

불과 조금 전까지만 해도 감히 덤빌 엄두를 내지 못했던 정훈이었지만 지금은 다르다.

그 증거로 달려드는 그라티온의 움직임이 정확히 눈에 들어오고 있었다.

'해볼 만하다.'

자신감은 곧 행동으로 나타났다.

손에 쥔 화신으로 그라티온의 바위 곤봉에 맞섰다.

콰앙!

불과 대지. 뚜렷한 하나의 속성을 지닌 두 무기가 충돌하며 폭발이 일어났다.

충돌한 두 명이 제각기 한 걸음씩 물러났다.

드러난 결과에 그라티온은 경악했고, 정훈은 만족스러운 미소를 지었다.

"어찌 인간 따위가!"

나약한 인간이 자신의 일격을 막았다는 사실을 실감할 수 없었다.

"뭘 어쩌야? 네가 약해빠졌으니까 그렇지."

화신을 쥔 손에 저릿저릿한 감각이 남아 있었지만, 괜히 허세를 부렸다.

심리적으로 상대에게 압박을 가하기 위함이었다.

"이놈!"

과연 효과는 있었다.

흥분한 그라티온이 잔뜩 힘을 준 채로 곤봉을 휘둘렀다.

'역시 잘 통하네.'

기본적으로 거인 종족은 호전적인 성격 탓에 쉽게 흥분하고 만다.

흥분하면 힘이 들어가게 되고, 힘이 들어간 공격은 곧 빈틈을 노출시킨다.

압도적인 전력 차이라면 그 틈을 파고들지 못하겠지만, 지금 정훈에겐 그럴 만한 능력이 있었다.

힘만 잔뜩 들어갔지 허술한 적의 공격을 흘린 후 간결한 동작으로 화신을 휘둘렀다.

화륵.

거친 불길이 그라티온의 오른쪽 옆구리에 피어올랐다 사라졌다.

대지의 기운으로 충만한 그라티온의 육신을 태우지 못한 것이다.

"크윽!"

하지만 아예 타격이 없는 건 아니었다.

오랜만에 느끼는 화끈한 고통에 절로 신음이 터져 나왔다.

"우와아!"

분노한 그라티온이 바위 곤봉으로 지면을 내리찧었다.

쿠콰쾅.

평평한 지면에서 작은 바위산이 치솟아 올랐다.

꿰뚫을 것처럼 자신을 노리는 대지의 공격을 피해 이리저리 몸을 날렸다.

마치 의지를 가진 것처럼 끝까지 정훈을 따라오던 바위산의 공격은 잠시 후 끝이 났다.

그제야 숨을 돌린 정훈이 주변을 빠르게 둘러봤다.

횡한 공간이었던 곳곳에 큼지막한 바위산이 생겨나 있었다.

'머린 나빠도 전투 지능은 나쁘지 않다 이거지.'

이번 공격으로 아무런 이득을 보지 못한 것으로 보이나 그렇지 않다.

궁극적으로 그라티온이 노린 건 지형을 자신에게 유리한 쪽으로 변화시키는 것이었기 때문이다.

정훈의 시선이 그라티온을 쫓았지만, 본래 있어야 할 곳에 그의 모습은 사라지고 없었다.

기감을 확대해 주변을 샅샅이 뒤져도 결과는 마찬가지였다.

후웅.

다만 대기를 짓뭉개며 다가오는 커다란 바위를 볼 수 있을 뿐이었다.

보통의 바위라면 그냥 베어 버렸을 것이다.

하지만 기간테스가 던지는 바위는 그냥 평범한 게 아니었다.

지면을 박차 재빨리 근방을 벗어났다.

콰콰쾅!

지면과 충돌한 바위가 엄청난 폭발을 일으켰다.

멀찍이 피한 정훈에게도 여파가 미칠 정도의 강력한 폭발이었다.

'기간테스의 특징을 알지 못했더라면……'

꽤 큰 피해를 봐야만 했을 것이다.

기간테스가 던지는 바위는 보통의 바위와 다르다.

강력한 대지의 힘을 품은 바위는 시한폭탄과 같아서 충돌하는 순간 엄청난 폭발을 일으킨다.

게다가 그곳에 내재된 대지의 기운은 방어를 뚫고 내부에 충격을 주기 때문에 쉽게 생각해선 안 된다.

이 공격을 멈추기 위해선 근접전을 유도해야 하지만 그마저도 쉽지가 않다.

대지에 녹아들어 존재를 감춘 그라티온을 찾아야만 하기 때문이다.

'어렵지 않지.'

보통은 그 파훼법을 찾지 못해 헤맸을 것이다.

하지만 헤라클레스를 보조했던 그는 기간테스의 약점을 너무도 잘 알고 있었다.

다시 한 번 날아오는 바위를 피한 그는 화신을 대신해 황금빛 트라이던트를 꺼냈다.

1막의 숨겨진 보스 트리톤을 처치하고 얻은 그의 창.

"바다의 분노가 몰아닥친다."

트라이던트에서 뿜어져 나온 푸른 기운이 작은 웅덩이에 직격했다.

쿠쿠쿵!

좌아악.

별안간 일어난 진동과 함께 고작 2센티미터도 되지 않는 얕은 웅덩이에서 대량의 물이 뿜어져 나왔다.

순식간에 짐작할 수 없을 정도로 많은 양이 흘러나왔고, 이내 그것은 거대한 해일이 되어 주변을 휩쓸었다.

꽤 거창해 보이나 고작 유물급의 격이었다.

상황에 어떠한 변화도 줄 수 없었다.

고작 그게 끝이었다면 말이다.

얼음 여왕에게서 얻은 일회성 소비 아이템인 얼음 보주를 꺼내어 지면에 던졌다.

파창!

얼음으로 만들어진 보주가 깨어지며 그 안에 머물러 있던 냉기의 기운이 퍼져 나갔다.

쩌저적.

지면과 대기를 타고 흘러간 냉기는 주변의 모든 것을 얼어붙게 했다.

찰나에 불과한 순간, 10킬로미터 이내 인근이 얼음 지대가 되었다.

'나왔다!'

대지의 기운을 덮은 냉기로 인해 지금껏 감춰져 있었던 그 라티온의 기운이 감지되었다.

찰나에 불과한 순간이었지만, 그간 수련을 게을리하지 않은 덕분에 이를 놓치지 않을 수 있었다.

하지만 거리가 멀다.

어렵사리 발견한 상대의 종적을 놓치지 않기 위해 순간이동 반지를 사용했다.

공간을 넘은 그의 육신이 마법처럼 한 곳에 나타났다.

수많은 바위산 중 하나에 나타난 그의 화신이 곧장 그것을 베었다.

쾅!

강렬한 폭발이 일어나며 바위산이 허물어졌다.

물론 그곳에 몸을 감추고 있었던 그라티온도 함께 튀어나왔다.

'도대체 어떻게……?'

내색하진 않았으나 놀란 마음을 감추기 어려웠다.

대지로 스며든 기간테스의 존재를 발견하는 건 굉장히 어려운 일.

특히 그라티온은 기간테스 내에서도 가장 뛰어난 기술을 지닌 이였다.

그런데 그것을 단번에 찾아낸 것이다, 마치 이 기술을 잘 알고 있는 것처럼.

놀라운 건 그뿐만이 아니다.

주변을 얼음 지대로 만들어 충만한 대지의 기운을 누그러뜨렸다.

이 전장은 대지의 자식인 그라티온에게 불리할 수밖에 없다.

그는 불리한 전장에서 벗어나기 위해 몸을 빼려 했지만 어느새 쫓아온 정훈으로 인해 뜻을 이루지 못했다.

"쉽게 벗어나진 못할걸."

그 의도를 너무도 잘 알고 있었던 정훈이 끈질기게 따라붙으며 백화의 검을 휘둘렀다.

비록 극 상성은 아니나 감히 경시할 수 없는 검.

뛰쳐나가던 동작을 멈춘 채 몸을 뒤로 뺐다.

화르르.

화끈한 열기가 주변을 스치고 지나갔다.

"감히, 누가 피한단 말이냐!"

정훈의 말에 자존심이 상했던 그라티온이 바위 곤봉을 들어 맞섰다.

'역시 단순해.'

손쉽게 근접전을 유도할 수 있었지만, 상황이 마냥 좋은 건 아니었다.

쾅쾅쾅.

충돌이 일어날 손이 저릿하다.

비슷한 충격에도 늘 손해는 보는 건 정훈이 될 수밖에 없었다.

'바위 던지기보단 낫지만, 이것도 고역이로군.'

어쩔 수 없는 일이다.

기간테스는 대지의 기운을 지닌 존재답게 놀라울 정도의 근력과 강인함을 지니고 있었기 때문이다.

그건 패의 경지, 그것도 보너스로 인해 1,500에 육박하는 능력치를 지니고 있는 정훈에게도 벅찰 정도였다.

하지만 아직 그도 전력을 다한 건 아니다.

비록 유운과의 일전으로 꽤 많은 격을 소모했지만, 아직도 그에겐 채 사용하지 못한 무구가 많이 남아 있었다.

웅웅.

검명을 토하는 다섯 자루의 검.

의지로 연결된 오대 명검이 떠올라 공격을 돕기 시작했다.

집중할 때만큼은 아니지만, 성가신 다섯 자루의 검은 정신을 분산시키게 하기에 충분한 것이었다.

스팟!

시간이 지날수록 그라티온의 몸에 자잘한 상처가 늘어 갔다.

하지만 말 그대로 자잘한 상처일 뿐이었다.

대지의 기운을 품은 그의 재생 능력은 놀라울 정도여서 자잘한 상처는 큰 영향을 주지 못했다.

모든 게 그라티온이 의도한 것이었다.

기운이 제대로 깃들지 못한 오대 명검에는 아랑곳하지 않으면서 화신은 요리조리 회피했다.

'이대로 가면 내가 먼저 쓰러진다.'

기간테스의 강점은 교전 중에도 체력이 회복된다는 점이다.

그에 반해 정훈은 익숙하지 않은 경지로 인해 급속도로 체력이 고갈되고 있었다.

시간이 지날수록 불리한 건 그였다.

아직도 마력 회복이 되지 못한 하데스나 3대 재앙에 묶인 그들이 도움되긴 힘들 터.

결국, 스스로 위기를 극복할 수밖에 없었다.

'살을 주고 뼈를 취한다.'

물론 빤히 보이는 수작에는 넘어오지 않을 것이다.

넘어올 수밖에 없는 미끼를 던져야만 한다.

"불의 검이 나타나 세계를 잿더미로 만들지니."

바위 곤봉을 피해 뒤로 물러난 정훈이 시동어를 외쳤다.

정훈의 마력을 머금은 화신이 거대화되었다.

백화의 검에서 뿜어져 나오는 열기와 크기는 지금까지와는 비교할 수조차 없는 것이었다.

양손 가득 멸망의 검을 쥔 정훈이 사력을 다해 휘둘렀다.

'기회다!'

그라티온은 승부를 결정지을 기회가 왔음을 깨달았다.

"대지의 굳건함."

화신에 맞서 그라티온의 육신이 바위처럼 딱딱하게 굳어

갔다.

기간테스가 자랑하는 최후의 능력 중 하나인 대지의 굳건함이었다.

이 효과가 활성화된 동안은 모든 공격을 무로 돌린다.

아예 피해를 받지 않는 것이다.

그건 강한 힘을 품은 백화의 검 또한 마찬가지였다.

화르르륵.

모든 것을 태우는 불꽃은 그라티온에게 영향을 주지 못했다.

"놈!"

조금 전 그라티온이 했던 실수와 비슷한 광경이었다.

이번에는 차례가 바뀌어 있었다.

빈틈을 노출한 정훈에게 쇄도한 그라티온의 바위 곤봉이 맹렬한 속도로 짓쳐 들었다.

강력한 공격 후 노출된 치명적인 허점.

정훈은 그의 일격을 가만히 바라만 볼 수밖에 없었다.

쾅.

회심의 일격은 정확히 그의 정수리를 강타했다.

허점이 드러날 것을 알면서도 무리한 공격을 시도했다.

함정. 아니, 함정이지만, 함정이 아니기도 하다.

실제로 정훈은 지금 반격조차 할 수 없는 위급 상황에 놓여 있었다.

내주려거든 확실하게 내주어야만 했다.

예상했던 대로 허점을 파고든 그라티온의 바위 곤봉이 정수리를 강타하려는 그 찰나의 순간…….

'지금!'

무장을 바꿨다.

전신을 보호해 주던 갑옷이 사라지고, 그 자리를 대신한 건 맨살이었다.

바로 벌거벗은 임금님 세트.

모든 세트가 갖추어질 경우 오히려 벌거벗게 되는 괴상망측한 무구였다.

"벌거벗은 나는 그 무엇도 두렵지 않으니."

이 세트가 지닌 유일한 장점, 격을 발동했다.

정훈의 몸 주위로 육안으론 확인할 수 없는 투명한 보호막이 생성되었다.

착용자의 방어력을 대폭 상승시켜 주는 보호막.

이 보호막이 있는 이상 웬만한 충격에는 끄떡도 없을 것이다.

'웬만한 공격이 아니란 게 문제지.'

그것을 뻔히 알고 있으면서도 회심의 일격을 허용했다.

쾅!

"크윽!"

꽉 다문 입술 사이로 고통에 찬 신음이 새어 나왔다.

하지만 죽음에 비한다면야 보잘것없는 고통에 불과했다.

"이럴 수가!"

오히려 놀란 건 그라티온 쪽이었다.

전력을 다해 후려친 공격이 무산되었다.

피륙으로 이루어진 인간의 머리통을 부수지도 못한 채 말이다.

그가 계산에 넣지 못한 것, 그건 벌거벗은 임금님 세트가 지닌 무적에 가까운 방어력과 정훈이 지닌 대지 속성이었다.

기간테스 10명을 동시에 죽여 얻은 3개 언령으로 인해 대지 속성이 35퍼센트나 증가했다.

여기에 벌거벗은 임금님 세트로 대폭 상승한 방어력이 더해지니 적어도 대지 속성 공격에 한해선 무적이라 할 수 있었던 것이다.

'놀라긴 이르지.'

마지막이라 생각한 그라티온은 그야말로 허점투성이 상태였다.

1회에 한한 방어 수단인 대지의 굳건함마저 사라진 지금이 절호의 기회였다.

촤아악.

궤적이 움직일 때마다 물보라가 치솟았다.

푸른색 기운에 물든 삼지창은 트리아이나.

포세이돈의 권능이 깃든 성물급 무기였다.

불멸급 화신을 넣고서는 그보다 두 단계 아래의 무기를 꺼냈다.

선뜻 이해할 수 없는 부분이나, 오행의 상성을 안다면 고개를 끄덕일 수밖에 없다.

물은 대지를 잡아먹는다.

그것도 대지 속성 그 자체인 기간테스에게 극의 물 속성을 지닌 트리아이나는 쥐약과도 같은 것이었다.

"물의 창이 적의 심장을 관통한다."

손에 쥐고 있던 트리아이나를 힘껏 투창했다.

속도를 받기엔 너무도 짧은 거리였지만, 그의 근력과 격의 발동으로 생긴 추진력은 공간을 넘어 순식간에 그라티온의 가슴팍으로 파고들었다.

이 모든 게 찰나에 벌어진 일이었다.

피할 틈은 존재치 않았다.

"흡!"

하지만 포기하지 않았다.

급히 숨을 들이켜며 힘을 주었다.

비록 대지의 굳건함은 날려 버렸으나 그의 고유 능력 중 하나인 석화가 남아 있었던 것이다.

이 능력은 원하는 부위를 단단하게 굳혀 피해를 최소화한다.

당연히 굳힌 부위는 물의 창이 쇄도하는 가슴팍이었다.

그렇지 않아도 단단해 보이던 그라티온의 가슴이 돌처럼 딱딱하게 굳었다.

푸욱.

하지만 물의 창은 그의 방비를 무색하게 만들었다.

"컥!"

특유의 녹색 피를 토한 그라티온이 그 자리에 주저앉았다.

"고, 고작 물의 창 따위가……."

믿을 수 없다는 듯 자신의 가슴팍만을 응시했다.

그럴 수밖에 없는 게 아무리 상극이라곤 하나 느껴지는 기운이 그리 대단치 않았다.

고작해야 관통상 정도를 예상하고 있었는데, 가슴이란 게 사라질 정도의 치명적인 피해를 받은 것이다.

'시스템의 덕을 여기서 보는군.'

그라티온의 예상처럼 보이는 기운만으론 이처럼 치명적인 피해를 줄 수 없었을 것이다.

하지만 정훈은 3개 언령의 효과 덕분에 거인 종족에겐 55 퍼센트의 추가 피해를 줄 수 있었다.

여기서 말하는 감感만으로는 알 수 없는 시스템의 능력.

그렇기에 이계의 주민인 그라티온은 죽었다 깨어나도 모를 것이다, 그가 거인 종족이기 때문에 추가 피해를 받았다는 사실을.

후두둑.

생명을 잃은 그라티온의 몸뚱이가 작은 바위들로 나뉘어 지면에 떨어졌다.

　－기간테스 24 대장 중 1인, 굳건한 대지의 수호자 그라티온 처치. '언령 : 굳건함을 뚫은 자' 각인.

> **언령 : 굳건함을 뚫은 자**
> **획득 경로 ;** 그라티온 처치
> **각인 능력 :** 24개의 주춧돌 중 하나 획득

'이건 또 뭐야?'

언령의 효과를 확인하던 정훈은 의아함을 표했다.

24개의 주춧돌 중 하나라니.

그로서도 경험해 보지 못한 이상한 효과였다.

좁혀진 미간.

지금 획득한 언령에 관한 것으로 그의 머릿속이 가득 찼다.

'일단 단일 효과는 아무것도 없는 것 같고. 24개인 걸 보면 24 대장을 전부 쓰러뜨려야만 활성화된다는 것 같은데.'

추측은 가능했다.

그런데 이게 말도 안 된다.

'미친! 24대장을 어떻게 전부 쓰러뜨리냐고.'

같은 대장이라도 그 급이 다르다.

그라티온은 24대장 중에서도 말단의 위치.

그런데 고작 말단에 불과한 녀석의 힘이 이 정도다.

상석으로 갈수록 그 힘의 차이가 두드러지는 것을 생각해 보면 나머지 23개 주춧돌을 모으기가 얼마나 힘이 들지 충분히 예상 가능했다.

'게다가 나머지 대장을 만나려면 기간토마키아의 영웅 자격으로 참전해야 하는데.'

근본적인 문제를 떠올렸다.

기간토마키아를 경험해 봤다곤 하지만 게임 속 그는 영웅이 아닌 헤라클레스의 보조 자격으로 참전했을 뿐, 직접 기간테스를 상대하기 위해선 올림포스 신의 인정을 받은 영웅이어야만 했다.

지금껏 그 방법을 몰라 신들의 전쟁에 참여하지 못했었다. 그건 지금도 마찬가지다.

'여러모로 난관이네 이건.'

여러 가지 떠오르는 복잡한 상념을 털어 냈다.

지금 당장 고민해 봐야 딱히 해결책이 떠오를 것 같진 않은 데다가 아직 상황이 정리되지 않았기 때문이었다.

그의 시선이 한창 전투에 여념 없는 3대 재앙에게 향했다.

배후인 기간테스의 죽음에 의욕을 잃은 상황.

적당히 방어하던 펜릴과 요르문간드는 자꾸만 헬 쪽을 뒤돌아보곤 했다.

'이상해.'

두 재앙의 눈짓도 그렇지만, 헬의 전반적인 모습이 이상하기 그지없었다.

'예전에 봤을 땐 저 정도가 아니었는데.'

그는 여러 번 죽은 자들의 세계에 왔고, 그때마다 하데스의 편에 서서 헬을 물리쳤다.

당시 헬은 그야말로 압도적인 능력으로 전장을 휘저었었다.

죽음의 왕인 하데스에 비견될 정도의 강력한 능력으로 정훈에게도 여러 번의 죽음을 선물해 주었건만…….

'저건 아무리 봐도 싸움을 꺼리는 것 같잖아.'

보여 주기 식의 공격이 아니면 견제가 전부. 그녀는 자신의 능력을 제대로 펼치지 않고 있었다.

그렇지 않아도 불리한 전황이었다.

의욕은 의욕대로 꺾이고 가장 강력한 능력의 헬마저 도움이 되질 않으니 버티고 있을 수조차 없었다.

"크으, 이놈들!"

전신이 꼬챙이처럼 뚫린 펜릴이 바닥에 엎어지며 소리를 질렀다.

"크아악!"

몸뚱이가 반 토막 난 요르문간드가 독액을 뿌리며 꿈틀댔다.

"……."

임모탈에게 포위된 헬은 조용히 양손을 든 채 그 자리에 무릎을 꿇었다.

척.

헬을 포위하고 있던 임모탈이 양쪽으로 갈라졌다.

그리고 그 사이를 뚫고 모습을 드러낸 건 지친 모습의 하데스였다.

"어찌하여 이런 짓을 벌였단 말이오."

짐짓 꾸짖는 그의 말에…….

"패자는 말이 없는 법. 그냥 죽여 주세요."

초연한 표정의 헬은 눈을 감았다.

죽음만이 이 모든 악연의 고리를 끊을 수 있는 유일한 길이었기에.

숨 막히는 정적이 흐른 뒤, 하데스가 다시 입을 열었다.

"아니. 그대는 죽을 수 없소. 적어도 내가 살아 있는 한 나의 곁을 지켜 줘야만 하기 때문이오."

누구도 예상치 못한 말이 나왔다.

'이건 또 무슨 상황이야?'

지금껏 겪어 보지 못한, 전혀 다른 분위기였다.

그 말에 헬의 눈가가 파르르 떨리고.

"정녕 내가 모를 줄 알았소?"

"무엇을 말인가요?"

화답하는 헬의 음성이 약간은 떨리고 있었다.

"나를 위한 그대의 희생을."

"무슨 말인지 전혀 모르겠군요. 내가 무슨 희생을······."

"자신을 미끼로 암중 세력을 끌어내려는 그대의 희생 말이오."

이어진 하데스의 말에 감겨 있던 헬의 눈이 번쩍 뜨였다.

"그대는 죄가 없소. 오히려 그대의 말을 듣지 않은 나의 죄일 뿐."

재앙의 여제이자 죽은 자들의 어머니인 헬.

그녀를 부르는 별칭은 수없이 많지만, 그중 가장 눈에 띄는 것 중 하나가 '예언자'이다.

뭐라 설명할 수 없는 그녀만의 감각은 미래의 일을 가르쳐 주곤 했었다.

그리고 오래전 어느 날.

그날의 느낌은 어느 때보다 선명하게 하나의 사실을 알려 주었다.

'암중 세력이 하데스, 그리고 죽은 자들의 세계를 노리고 있다.'

지금껏 느껴 보지 못한 선명한 감각이었다.

부군인 하데스에게 알리는 건 당연한 수순이었지만 그녀의 말에도 하데스는 크게 개의치 않았다.

헬의 예언을 무시한 게 아니다.

다만 자신이 구축한 세계에 대한 자부심이 있었던 탓이다.

명색이 법과 질서를 다스리는 존재다.

그 경계를 소홀할 턱이 없지 않은가.

물론 경계를 조금 강화하긴 했지만, 그 이상의 조치는 없었다.

헬 또한 막연한 감각만으로 설득하기엔 무리가 있다고 판단해 더는 재촉하지 않았다.

다만 독자적인 방법으로 조사를 해 나갔다.

그러던 중 그녀는 저 심연 깊숙한 곳에 숨어 있던 배후 세력과 마주할 수 있었다.

놀랍게도 그들의 앞잡이 노릇을 하는 건 그녀의 두 동생인 펜릴과 요르문간드였다.

비록 동생들이 관련되었다곤 하나 하데스를 더 중히 여기고 있던 그녀는 이 사실을 말하려고 했다.

하지만 그 순간 그녀의 감각이 또 다른 사실을 알려 주었다.

지금 사실을 말한다 해도 암중 세력은 다시 심연 속으로 숨어들어 기회를 엿볼 뿐이라는 것을.

그리고 먼 미래에 하데스는 죽음에 이르고 죽은 자들의 세계의 질서가 바뀌게 된다는 사실 또한······.

수많은 날을 고민으로 지새웠고, 곧 한 가지 결정을 내릴 수 있었다.

자신이 미끼가 되기로. 자신을 미끼로 암중 세력을 끌어내고 이를 일망타진하는 계획을 세웠다.

하지만 그 계획이라는 게 그녀에겐 더없이 잔혹한 것이

었다.

자신의 손에 피를 묻혀야만 했다.

죄 없는 백성을 죽이고 사랑하는 부군을 권좌에서 끌어내려야만 했다.

파멸이 아닌, 더 나은 미래를 위해 그녀는 기꺼이 지옥에 떨어지는 것을 선택한 것이다.

물론 이 모든 건 하데스가 반드시 재기하리란 믿음을 지니고 있었기에 가능한 일이었다.

그 믿음은 얼마 지나지 않아 이루어졌다.

과연 그녀의 바람대로 하데스는 예전의 권능을 되찾은 채로 죽음의 궁전을 방문한 것이다.

모든 게 그녀의 계획대로였다.

단 한 가지, 하데스가 그녀의 계획을 알고 있었다는 것만을 제외하면 말이다.

"나도 얼마 전까진 그대의 의중을 의심했다오. 하지만 지금에서야 깨달았소. 그대의 숭고한 희생을."

사실 조금 전까지만 해도 헬의 의중을 알지 못했다.

배신과 분노에 휩싸인 그는 이성적인 생각을 할 수 없는 상태였다.

굳은 그의 생각이 깨어난 건 헬과 시선을 마주하고 나서부터였다.

하데스를 바라보는 그녀의 눈동자엔 부정적인 감정은 없

었다.

사랑과 연민, 걱정, 안타까움, 그 감정의 편린을 읽은 그는 그제야 깨달았다.

권좌를 뺏을 때, 심지어 지독한 저주로 권능을 잃게 했을 때조차 그녀는 지금처럼 그렇게 바라보고 있었음을.

"모든 게 나의 자만감에서 비롯된 일."

눈가가 촉촉이 젖은 하데스가 돌연 무릎을 꿇었다.

"왕이시여!"

갑작스러운 그의 행동에 장내 모두가 경악했다.

오직 한 사람, 정훈을 제외한다면 말이다.

'아!'

의문이 풀린 건 하데스만이 아니었다.

일련의 대화를 통해 정훈 또한 모든 퍼즐을 맞출 수 있었다.

'어쩐지 정신 개조의 흔적이 발견됐다 하더니.'

암중 세력을 끌어들이기 위해 자신을 희생시켰던 헬.

하지만 그녀의 의중은 기간테스 또한 진즉 눈치채고 있었던 바였다.

오히려 그녀의 계획을 역이용하기 위해 짐짓 모르는 척 그녀를 받아주었다.

그러곤 그녀의 정신을 서서히 무너뜨렸다.

강력한 정신 마법의 침투로 그녀는 인지하지도 못한 사이 기간테스의 수하가 될 수밖에 없었다.

지금껏 게임에서 겪었던 헬은 기간테스의 충실한 수하에 불과했던 것이다.

'유일한 방해꾼마저 처리한 녀석들은 뭔가 목적을 이룬 채 철수했고.'

게임 속에선 그랬다.

하지만 지금은…….

'예상보다 더 빨리 전쟁이 일어났고, 녀석들은 그 목적을 달성하지 못했다.'

그렇기에 모습을 드러냈다. 그렇지 않았다면 진즉 자취를 감추었을 것이다.

'그 목적이 궁금하긴 하지만.'

지금은 신경 쓸 새가 없었다.

장내 분위기가 묘하게 흘러가고 있었기 때문이다.

정훈의 가장 큰 목적 중 하나는 헬을 죽여 그녀의 증표를 얻어야 하는 것.

하데스가 그녀를 용서하게 되면 모든 게 물거품이 된다.

'이놈들과 싸울 수도 없고.'

유운과 기간테스를 연달아 상대하느라 너무 많은 힘을 뺐다.

무구의 격은 물론 체력과 마력까지. 정상적인 부분이 단 한 군데도 없다.

물론 하데스도 지쳤다곤 하지만, 주위에 깔린 수많은 수하는 어찌할 것인가.

'곤란한데.'

뜻밖의 상황에 미간이 좁혀지던 그때였다.

-부탁이 있어요.

의지를 전해 온 것은 헬이었다.

뜻밖의 의지에 잠시 움찔했지만, 이내 주위를 훑어보곤 아무렇지 않은 척 연기했다.

-이 상황에서 부탁이라. 뭘 원하는 거지?

-저를 죽여 주세요.

단호한 한마디.

근데 이건 또 무슨 개소린가.

-지금 그걸 말이라고…….

-무대는 마련해 주겠어요. 반드시 전 이곳에서 죽어야만 해요.

비록 하데스가 모든 정황을 깨달았다곤 하지만, 헬은 죽음을 각오하고 있었다.

이미 죄 없는 이들의 피를 손에 묻힌 상황.

여기서 하데스가 그녀를 용서해 버리면 그의 권위가 바닥으로 추락하게 된다.

그 불만은 당장 나타나진 않겠지만, 곧 반역의 씨가 되고 전란이 끊이지 않게 될 것이다.

부군의 미래를 위해 그녀는 자신을 희생시킬 준비가 되어 있었다.

그리고 그건 정훈에겐 천재일우의 기회이기도 했다.

─과연 하데스가 당신의 죽음을 방관할까? 아니, 설혹 그 뜻을 이뤘다 해도 후에 내 처지가 곤란해질 텐데.

정훈으로선 죽이고 난 후의 일을 생각하지 않을 수 없었다.

─그럴 일은 없을 거예요. 당신은 그저 자신의 방어를 위해 움직인 것에 불과할 테니.

상세한 설명은 없었으나 그녀가 무엇을 말하고자 하는지 모를 턱이 없었다.

한마디로 연극을 한 편 찍어 보자는 것.

─내게 문제만 생기지 않는다면야.

─고마워요.

동의는 얻었다. 더는 무슨 말이 더 필요할까.

이젠 생각을 행동으로 옮기는 일만이 남았다.

"모든 게 네 녀석 때문에!"

무릎을 꿇고 있던 헬이 돌연 뾰족한 고함과 함께 튕겨져 나가더니, 정훈에게 쇄도했다.

붉게 물든 뾰족한 손톱이 정훈의 심장을 노렸다.

워낙 경황 중에 일어난 일이라 하데스는 물론 그 누구도 반응하지 못했다.

'적절하군.'

내심 고갤 주억거렸다.

어딜 봐도 이 모든 일의 원흉인 정훈을 노리는, 잘 꾸며진

한 폭의 그림이었다.

그는 그저 이 그림의 마지막을 장식하기만 하면 된다.

"어둠을 몰아내는 찬란한 빛이여."

찬란한 오색 빛을 뿌리는 트라이던트.

그건 바로 어둠을 살라 먹는 창 브류나크였다.

죽음 속성을 지닌 헬에겐 쥐약인 광명 속성이 깃들고, 이내 이 눈부신 창은 의도적으로 노출한 왼쪽 심장을 향해 겨누어졌다.

'잘 가라.'

망설임은 없었다. 그저 최선을 다한 일격을 펼칠 뿐.

푸욱.

일직선을 그린 궤적은 정확히 심장을 관통했다.

단순히 관통한 것으로 끝나지 않았다.

푸스스.

광명 속성에 당한 부위를 시작점으로 헬의 육신은 재가 되어 흩어지고 있었다.

"헬!"

어느새 접근한 하데스가 쓰러진 헬을 껴안았다.

웅웅.

그의 주변으로 죽음의 기운이 모이며 헬의 상세를 보살폈다.

하지만 그건 의미 없는 일.

치명적인 급소를 관통 당했다.

그것도 상극인 광명 속성에 당한 뒤였기에 그녀를 살릴 만한 방법은 존재하지 않았다.

"어째서, 어째서……."

결코 흔들리는 모습을 보이지 않던 철벽이 무너졌다.

헬을 껴안은 하데스의 두 눈가에서 검은 눈물이 방울방울 떨어져 내렸다.

스윽.

창백하기 그지없는 헬의 손이 하데스의 눈가를 어루만졌다.

―슬퍼하지 마요. 이 모든 게 저의 업보인 걸요.

그 순간까지도 하데스의 안위를 걱정한 그녀는 다른 이들이 들을 수 없도록 의지를 전했다.

―이제 시간이 얼마 없네요. 마지막으로 당신에게 당부할게요. 부디 제 죽음이 헛되지 않도록 죽은 자들의 왕으로서, 그들의 아버지로서 최선을 다해 주세요.

기껏 유지하고 있던 그녀의 생명이 바스러졌다.

―반드시 그래야만 해요. 소멸해서도 당신이 좋아하는 수선화가 되어 모든 것을 지켜볼 테니.

마지막으로 하데스의 볼을 한 번 쓰다듬은 헬의 육신이 완전히 재가 되어 흩날렸다.

"……."

줄곧 검은 눈물을 흘려 대던 하데스는 아무 말 없이 흩날리는 재를 응시했다.

-전체 안내 발송

-지구 소속 입문자 한정훈이 재앙의 여제 헬 정복.

-불후의 업적을 달성한 입문자 한정훈에게 모든 능력치 +300, 죽음 속성 +20퍼센트 부여.

-최초로 헬을 정복한 입문자 한정훈에게 '언령 : 멸망을 막은 자(3)' 각인.

-헬을 정복한 입문자 한정훈에게 '언령 : 라그나뢰크(3)' 각인.

재앙을 죽일 때마다 발송되는 전체 안내였다.

드디어 3대 재앙을 모두 쓰러뜨린 것이다.

언령 : 멸망을 막은 자(3)

획득 경로 : 최초로 헬 정복
각인 능력 : '멸망을 막은 자' 언령의 효과 변화. 능력 200퍼센트 상승

언령 : 라그나뢰크(3)

획득 경로 : 헬 정복
각인 능력 : '라그나뢰크' 언령의 효과 변화. 능력 200퍼센트 상승
모든 언령의 효과 변화와 능력의 200퍼센트 상승.

언령 : 멸망을 막은 자

획득 경로 : 최초로 3대 재앙 모두 처치
각인 능력 : 모든 능력치 +500, 모든 계열 몬스터에게 20퍼센트의 추가

피해

언령 : 라그나뢰크

획득 경로 : 3대 재앙 모두 처치
각인 능력 : 모든 능력치 +250, 모든 계열 몬스터에게 10퍼센트 추가 피해

그 언령의 효과는 어마어마한 것이었다.

750의 모든 능력치 상승, 거기에 모든 계열 몬스터에게 30퍼센트의 추가 피해를 주는 것이다.

'하긴. 3마리 모두 최초로 없애야 하는 업적이니.'

그 달성 난이도를 생각해 보면 이 정도 효과도 고개가 끄덕여지는 바였다.

'그리고 이것도……'

멍하니 그 자리를 지키고 있는 하데스에겐 조금 미안했지만, 가질 건 가져야 한다.

재가 되어 흩어진 그 자리에 떨어진 전리품을 회수했다.

전설급 무구 따위(?)는 눈에 들어오지도 않았다.

당장 그의 눈에 가득 찬 건 헬의 모습이 각인된 파편.

이것으로 모든 파편이 모였다.

펜릴, 요르문간드 그리고 헬을 처치하고 얻은 3개 파편을 꺼냈다.

손에 쥔 파편은 자석에 이끌리듯 서로에게 달라붙기 위해 진동하고 있었다.

손에 쥔 힘을 풀자 서로를 향해 달라붙는다.

화륵.

하나로 뭉친 파편 사이로 불길이 치솟았다.

피처럼 붉은 불길은 한동안 타오르다가 이내 꺼졌다.

그리고 마침내 모습을 드러낸 건 둥근 패牌였다.

원 중앙엔 불꽃에 감싼 남성이 양각되어 있었다.

-아스가르드로 향하는 열쇠. 비프로스트 완성.

탐험가 헤먼이 누누이 이야기했던 환상의 공간, 아스가르
드로 가는 열쇠 비프로스트가 마침내 완성되었다.

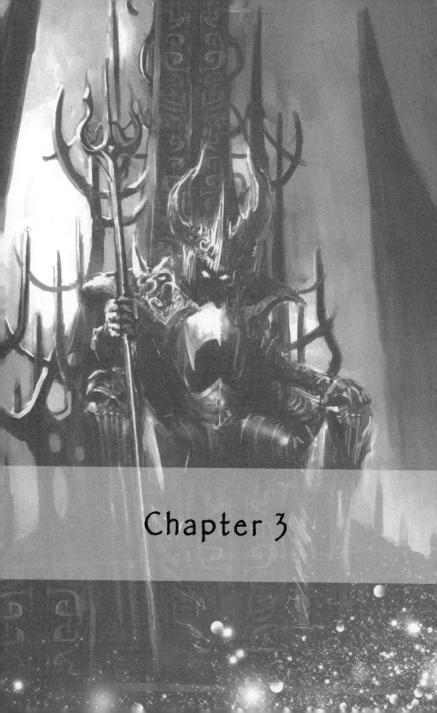

Chapter 3

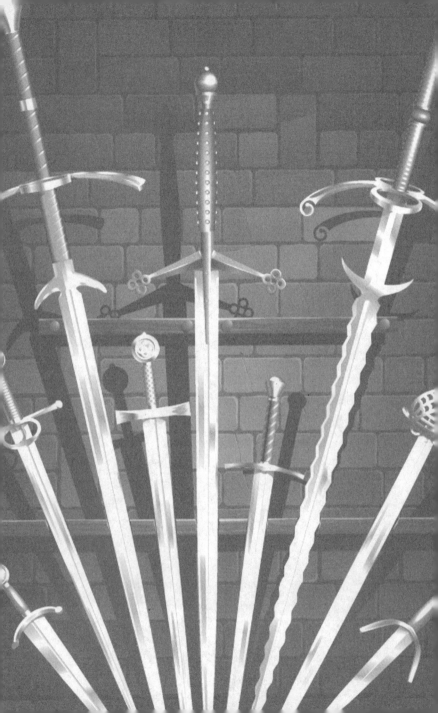

　신들의 황혼, 그들의 종말을 알리는 라그나뢰크 이후 아스가르드는 역사 속에서 사라져야만 했었다.

　모든 것을 태우는 수르트의 불꽃은 신들을 비롯해 모든 세상을 한 줌 재로 만들었다.

　하지만 언제나 희망의 씨앗은 남아 있는 법.

　회색의 재만 남은 세상에 태양이 떠올랐다.

　바다에서 솟구친 바위가 대지를 만들었고, 그곳에서 생명이 잉태되었다.

　처음 그곳에 모습을 드러낸 건 오딘의 두 아들인 비다르와 발리였다.

　이어서 토르의 아들, 마그니와 모디가 나타나 묠니르를 하늘 높이 치켜들었다.

그러자 먹구름 속에서 한 줄기 따스한 빛이 지상을 비추었다.

내리쬐는 빛 사이로 라그나뢰크의 시발점이 된 발더, 그리고 그의 아내 난나 여신과 동생 회두르가 나란히 내려왔다.

놀랍게도 서로가 서롤 죽이게 했던 그들은 나란히 손을 잡고 있었다.

케케 묵은 은원 따위는 이미 사라지고 없었다. 아니, 애초에 이 모든 게 불운한 한 사내로 인해 벌어진 일이라는 것을 깨닫고 있었던 것이다.

어렵사리 모이게 된 그들은 새로운 한동안 서로의 안부를 묻다가 이내 화제를 전환할 수밖에 없었다.

가장 중요한 문제, 새로운 세계를 어떻게 꾸려 나갈지에 관한 문제가 남아 있었던 것이다.

긴 시간을 허비해야 하는 무거운 주제였지만, 모두가 하나같이 입을 모아 한 가지 결정을 내릴 수 있었다.

현재 차원인 아스가르드를 폐쇄하고 독자적인 세계를 구축하는 것.

이전 뒤틀렸던 세계의 영향이 아스가르드가 아닌 다른 세계의 영향이 컸다고 보기 때문이었다.

모두가 동의한 결정. 행동을 옮기는 것도 빨랐다.

곧장 서쪽 끝으로 날아간 신들은 아스가르드로 향하는 유일한 길, 무지개다리 비프로스트를 파괴했다.

이로써 신들의 세계 아스가르드는 모든 세계와 단절되어 전설 속으로 묻히게 된 것이다.

'하지만 드디어 그 열쇠를 찾았다.'

라그나뢰크의 불씨였던 로키, 그의 자식들인 3대 재앙을 죽이면서 폐쇄된 아스가르드로 갈 수 있는 열쇠를 획득할 수 있었다.

본래 단절된 아스가르드로 출입하는 건 절대 불가능한 일이었으나 자유로이 차원과 공간을 넘나들던 로키의 힘이 증표에 스며들어 있었기 때문에 가능한 것이었다.

정말 긴 여정이었다.

1막에서부터 3막까지. 긴 시간을 건너 이것을 얻으려고 했던 가장 결정적인 이유는.

'그곳은 모험가들이 꿈꾸는 이상향이다. 젖과 꿀이 흐르듯 온갖 보물이 가득한 곳. 그곳이 바로 신新 아스가르드다.'

끝끝내 아스가르드에 닿지 못한 그는 자신의 마지막 여행 일지에 그런 기록을 남겨 두었다.

정작 가보지도 못한 주제에 무슨 설득력이 있을까 싶지만, 그게 전설의 탐험가 헤먼이라면 이야기가 다르다.

개척자 그리고 모험왕이라는 이명을 지닌 그는 지금껏 단 한 번도 허튼소릴 남긴 적이 없었다.

그리고 그 득을 가장 많이 본 게 정훈이었다.

단지 헤먼의 일대기를 읽은 것만으로도 앞으로 일어날 사건과 더불어 거기서 발생하는 전리품 등을 독차지할 수 있었다.

'이번에도 믿는다.'

그렇기에 믿었다.

그 믿음은 이번에도 배신하지 않을 것이다.

"은인."

그의 상념은 한 사람의 등장으로 깨졌다.

지척까지 접근한 존재는 다름 아닌 하데스였다.

'이걸 어쩐다.'

염원하던 것을 얻은 기쁨에 하데스를 잊고 있었다. 비록 헬이 명분을 만들어 주긴 했지만, 사랑하는 이를 잃은 그가 무슨 일을 벌일지 추측 불가능했다.

"저기, 이건 워낙 경황 중에 일어난 일이라 어쩔 수 없었……."

"설명하지 않아도 되오. 그녀의 바람을 모르는 바가 아니니."

그녀가 무엇 때문에 그런 선택을 했는지 모를 턱이 없었다.

지금 이렇게 찾아온 건 조금 전 일에 대한 추궁을 위해서가 아니다.

오히려 그 반대였다.

"은인의 도움으로 길고 길었던 전쟁을 끝낼 수 있었소. 그에 대한 보답이 없다면 염치없는 일. 부디 내 성의를 받아주시오."

그리 말한 하데스가 손을 휘저었다.

널찍한 소매가 펄럭이며 바람을 일으켰고, 그곳에서부터 모래 먼지가 발생해 주변을 뒤덮었다.

다른 이들에겐 보이진 않지만, 오딘의 안대를 착용한 정훈에겐 너무도 선명히 보였다.

마술처럼 그 자리에 솟아난 뼈 재질의 상자가 말이다.

'보상의 상자?'

비록 겉모습이 생각한 것과는 다르긴 했지만, 위 단면에 예의 옅게 빛이 나는 특별한 문자가 빛나고 있었다.

보상의 상자가 분명했다.

"이 세계가 처음 생겨났을 때부터 있었던 고대의 보물이오. 아무도 이를 열지 못했지만, 왠지 은인이라면 열 수 있을 것만 같다는 생각이 드는구려."

아무렴 그렇고말고. 순순히 고갤 끄덕인 정훈은 보상의 상자를 양손으로 받쳐 들었다.

－보상의 상자(死)

상자를 든 순간 관련 정보가 머릿속에 각인되었다.

'죽음의 상자라.'

일반적인 등급과는 달랐다. 그런데 하필 다른 것도 많은 굳이 죽음이라는 등급이라니.

'뭐, 상관없지.'

물론 아랑곳하지 않았다.

다른 것도 아닌 정당한 보상으로 얻은 것.

함정이 있을 턱이 없었다.

그러니 망설일 이유가 없다.

휘익.

그의 손을 떠난 상자가 공중으로 떠올랐다가 이내 지면으로 하강했다.

터엉!

하지만 그 강한 충격에도 상자는 열릴 생각을 하질 않았다.

-추가 설정 감지.

-두 가지 설정 중 한 가지 택일.

-확정(불멸 세트) or 전설에서 태고 등급까지의 1개 세트 아이템. 불멸 등급 이상의 아이템을 획득할 경우 관련 세트 아이템 추가 획득 가능.

-선택까지 1분.

-59초, 58초.

아다만트 등급의 상자를 열 때와 같은 추가 선택을 알려 왔다.

'세트 아이템이란 말이지.'

다른 보상의 상자와 달랐다.

획득 아이템을 세트에만 한정시켜 놓은, 어떻게 보면 세트 전용 보상의 상자라 할 수 있는 것이다.

하지만 선택이 어렵다는 부분에서는 다른 상자와 다를 바 없었다.

확정 불멸을 얻는 게 좋을까 싶다가도 자꾸만 태고에 눈이 갔다.

그 확률이 저조하다는 사실을 뻔히 알면서도 욕심이 나는 건 어쩔 수 없었다.

'불멸 이상이면 추가 세트 아이템을 획득할 수 있으니.'

게다가 불멸 이상의 아이템을 획득할 경우 추가로 관련 세트 아이템을 하나 더 획득할 수 있었다.

'비록 확률이 저조하다고 해도 충분히 모험을 걸 만한 가치가 있지.'

어차피 선택 시간은 1분. 그의 고민은 길지 않았다.

선택은 후자. 무작위 등급 중 하나를 선택했다.

−보상의 상자(死) 개봉.

마침내 보상의 상자가 열리고 길쭉하고 시커먼 막대기 하나가 튀어나오는 것을 확인할 수 있었다.

'뭐지?'

하지만 아이템을 확인하기도 전 알림이 귓가를 파고들었다.

－불멸 등급 아이템 신진철神珍鐵 획득. 추가 전리품 발생.

고대했던 태고급은 아니었지만, 불멸급을 획득한 것이다.

이 때문에 추가 전리품이 발생, 보상의 상자가 다시 한 번 빛을 발했다.

요란한 빛을 뿌린 보상의 상자가 열리고, 그곳에서부터 황금빛을 뿌리는 띠가 나왔다.

"긴고緊箍!"

신진철의 세트 아이템이라면 단 하나, 긴고밖에 없었다.

홀린 듯 바닥에 떨어진 두 개 아이템을 바라보았다.

약 2미터가량의 뭉툭한 막대기와 황금빛 머리띠는 영웅 손오공이 사용한 불멸급 세트인 신진철과 긴고. 정훈에겐 감회가 남다른 아이템이기도 했다.

'매번 녀석에게 당했던 걸 생각하면⋯⋯.'

절로 치가 떨렸다.

게임 속에 고정적으로 등장했던 NPC 중 하나인 랑카.

돌원숭이 일족인 녀석이 주로 사용하던 게 바로 눈앞의 신진철과 긴고였다.

특히 격을 발동한 녀석을 감당할 만한 이는 많지 않았다. 정훈조차도 녀석의 압도적인 힘에 굴복당해 여러 번 게임오

버를 당했던 아픈 기억이 있었다.

'이젠 내가 그 힘을 얻는구나.'

어떠한 단서도 얻지 못해 사실상 얻길 포기하고 있었던 것 중 하나다.

그런데 살다 보니 이런 우연을 다 겪는다.

기쁨을 감추지 못한 정훈이 2개의 아이템을 보관함에 넣었다.

그리고 그 순간.

'아직 완성된 게 아냐?'

머릿속에 각인된 정보는 이 불멸급 세트 아이템이 아직 완성된 상태가 아님을 가르쳐 주었다.

신진철은 여의주를 통해 여의금고봉如意金箍棒으로, 긴고는 특별한 주문인 긴고주緊箍呪를 만나 완연한 힘을 발휘할 수 있게 된다.

문제는 이를 획득할 방법을 모른다는 것.

'지금처럼 각종 시나리오를 독식하다 보면 얻을 기회가 있겠지.'

과욕은 화를 부르는 법. 당장은 이것으로도 만족이었다.

아직 미완성에 불과하나 신진철과 긴고가 지닌 위력도 무시할 수 없는 수준이었다.

아니, 사실 지금 정훈이 지닌 아이템 중 가장 강력하다고 봐도 무방했다.

뜻밖의 보상으로 인해 그의 전력이 더욱 강화되었다.

"은인이라면 그 상자를 열 수 있을 줄 알았소."

일련의 과정을 지켜 본 하데스였다.

아직 할 말이 남아 있었던 그가 다시 말을 이었다.

"그리고 은인. 이것을 받아 주시겠소?"

그가 건넨 건 중앙에 붉은 인으로 봉합된 하얀 봉투였다.

"이건?"

정훈도 처음 보는 것이었다.

의아함에 물어보았다.

"올림포스 신들의 인정을 받은 진정한 영웅에게 건네는 초대장이오."

"아!"

그 한 마디에 모든 의문이 풀렸다.

하데스가 건네는 그 봉투는, 후에 일어날 올림포스 신과 기간테스와의 전쟁, 기간토마키아에 입장할 수 있는 초대장이었다.

10년간 그렇게 기를 쓰며 노력했지만, 단 한 번도 얻지 못했던 것이기도 했다.

"은인이라면 능히 우리 올림포스 진영에 큰 도움이 될 거로 판단했소만. 도움을 줄 수 있겠소?"

"물론입니다. 기꺼이 힘이 되어 드리죠."

각종 난해한 퀘스트와 그에 걸맞는 어마어마한 보상으로

가득한 꿈의 전장. 거부할 이유가 없었다.

'게다가 스퀴테를 완성해야 하니.'

특히 정훈으로선 거부할 수 없는 이유가 있었다.

바로 기간테스를 처리해야만 얻을 수 있는 스퀴테의 파편이었다.

어마어마한 능력을 지닌 태고급 무구를 손에 넣을 수 있다면 그 어떤 것이라도 못할까.

각오는 충분히 되어 있었다.

"초대장이 붉게 변하면 전쟁이 일어나고 있음을 알리는 것이니 바로 찢어 버리시오. 그 즉시 전장으로 이동할 수 있을 것이니."

추가적인 하데스의 설명에 고개를 끄덕였다.

'기간토마키아라면 5막에서 발발했었지.'

다른 이들은 몰라도 정훈은 그 전쟁의 시일을 정확히 알고 있었다.

앞으로 2막을 더 진행하고 난 후 올림포스와 기간테스와의 전쟁이 발발할 것이다.

'시간은 많으니 부단히 노력해야겠어.'

지금도 충분히 강하지만, 만족할 수 없다.

기간테스 24대장, 아니, 이제는 23대장이 된 그들을 모두 쓰러뜨려야만 하기 때문이다.

스퀴테의 파편과 더불어 그라티온을 처치하고 얻은 언령,

주춧돌을 완성하기 위해서는 선택의 여지가 없었다.

'일단은 3막을 마무리 짓고.'

이곳 죽은 자들의 세계는 번외 지역에 불과했다.

아직 그는 3막을 완료하지 않았다.

몬태규와 캐퓰렛 가문의 숙명적인 대결.

그리고 그 이면에 숨어 있는 야심가를 처리해야만 했다.

로미오와 줄리엣의 실종.

이 당황스러운 사태에 두 가문이 할 수 있는 건 서로의 가문을 용의자로 지목하는 것이었다.

그렇지 않아도 언제 건드려도 폭발할지 알 수 없는 관계. 그곳에 불을 지펴 놨으니 전면전이 일어나는 건 당연한 일이었다.

영지 곳곳에서 무력 충돌이 발생했다.

후계자의 실종으로 명분이 선 상황이었기에 그 누구도 이를 제지할 수 없었다.

"한심한 캐퓰렛 새끼들!"

"닥쳐. 이 머저리 같은 몬태규 놈들!"

영지 외곽 좁은 골목. 인적이 드문 그곳에 욕설과 금속이 부딪치는 소리가 요란히 울려 퍼지고 있었다.

죽일 듯 서를 향해 칼을 들이댄 두 진영의 무리는 캐퓰렛과 몬태규 가문의 일원들이었다.

　장내를 한 마디로 설명하자면 고성과 피가 튀기는 잔혹한 전투다.

　전면전의 원인이었던 로미오와 줄리엣이 무사 귀환했음에도 오히려 전투의 양상은 더 치열한 상태였다.

　그리고 그건 바로 귀환한 로미오와 줄리엣의 돌발 선언 때문이었다.

　-전 줄리엣을 사랑하고 있습니다.

　-난 로미오를 사랑하고 있어요.

　그건 치기 어린 행동이었다.

　이렇듯 선언하며 두 가문이 사이좋게 화해를 할 줄 알았던 것이다.

　하지만 어찌 오랜 세월 동안 이어져 온 원수지간이 어린아이의 사랑놀이에 바뀌겠는가.

　되레 두 사람을 독방에 가둔 두 가주는 후계자 실종 사건을 더욱 크게 확대하며 전면전에 불을 붙였다.

　그 결과의 일부가 지금 벌어지고 있는 전투라 볼 수 있다. 한 치의 양보도 없는, 죽고 죽이는 살벌한 전투.

　이미 수십 명이 목숨을 잃은 채 차갑게 식어 가고 있었다.

　단지 그 희생자가 일방적으로 한 진영에서만 일어나고 있다는 게 문제라면 문제일 것이었다.

스윽.

앞을 막아선 적을 벴다.

전투의 흐름과는 상관없이 자신의 몫을 톡톡히 해내고 있는 이.

이젠 상징과도 같은 이마의 자상이 돋보이는 그 사내는 준형이었다.

한창 전투 중인 캐퓰렛 일원을 이끌고 있는 리더이기도 한 그는 캐퓰렛가 내에서도 손꼽힐 정도의 무력을 자랑할 정도로 성장해 있었다.

언제나 수십인 분의 역할을 해내던 그였지만, 지금의 전투엔 그리 큰 영향을 미치지 못하고 있었다.

'하필이면 이스턴 녀석들이라니.'

그럴 수밖에 없는 게 대치하고 있는 적 대부분이 이스턴 출신이었기 때문이다.

현재 몬태규 가문에 연이은 승전보를 가져다 주고 있는 일등 공신이자 일반적인 입문자의 능력을 상회하는 괴물들이었다.

그 준형조차도 고작 한 명을 상대하다가 진이 빠질 정도였다.

'상황은……'

그제야 여유가 생긴 그가 주위를 둘러봤다.

예상했던 대로 전황이 그리 밝지 않았다. 아니, 절망적인 수준이었다.

아군의 숫자는 기하급수적으로 줄어드는 데 비해 적들은 그대로였다.

지치기라도 하면 희망이 보일 텐데 시간이 지날수록 몸이 풀리는지 움직임이 더욱 활발해지고 있었다.

'후퇴는 불가.'

적들의 몸놀림을 보건대 섣불리 등을 보였다간 맥도 못 추고 전멸할 게 뻔하다.

'아예 오지 않거나, 죽을 때까지 저항하거나.'

오지 않았다면 모를까, 한번 발을 들인 이상 뼈를 묻을 수밖에 없다.

'적어도 하나는 더 데려간다.'

어차피 죽을 거라면 최대한 많은 길동무를 데려갈 것이다.

배수의 진을 친 준형의 기세가 매섭게 변했다.

마치 북풍한설과도 같은 냉기의 소용돌이가 주변을 맴돌았다.

"북풍北風의 숨결이 내 검에 깃드니."

그 기세는 고스란히 그의 검, 알마스에 깃들었다.

주변에 눈이 내리는 게 아닐까 착각이 일 정도의 한기가 주변을 잠식했다.

정훈에게서 준형에게 넘어간 유물급 무기, 북풍의 검 알마스의 격이 발동된 것.

이제 준형이 주입한 마력은 알마스를 매개체로 해 강력한 냉기를 뿌릴 터였다.

"호오, 그래도 제법 쓸 만한 녀석이 있었네."

막 상대를 찾아 나서려던 준형 앞에 늘씬한 미녀가 나타났다.

몸의 굴곡을 고스란히 드러내는 붉은색 치파오를 입은 그녀는 매혹적인 미소를 띤 채 준형을 주시하고 있었다.

"넌 내가 찜."

그리 말하며 미소 짓던 그녀의 모습이 일순 흐릿해졌다.

'뭣!'

눈 깜짝할 사이 준형 앞에 당도한 그녀가 붉은 기운을 띤 부채를 베었다.

스걱.

가슴에 피어나는 열꽃과 함께 붉은 선혈이 튀었다.

'크윽.'

신음을 삼킨 그가 급히 뒤로 물러났다.

특유의 감을 발휘한 예측이 아니었다면 이번 일격으로 몸이 양단되었을 것이다.

"어딜 도망가려고."

마치 뱀이 혀를 날름거리듯 입술을 적신 그녀가 다시 한 번 지면을 박찼다.

눈을 부릅뜬 채 집중했지만, 여전히 그 모습이 흐릿하다.

이럴 때 대처할 방법은 한 가지.

'눈이 아닌 감각으로.'

보이지 않기에 보이는 것에 의존하면 안 된다.

그간 갈고닦았던 감각을 확장해 맞서야만 했다.

몸 안을 휘감아 돌고 있는 기운을 둥글게 퍼뜨린다는 느낌으로 서서히 기감을 확대했다.

'오른쪽!'

날카로운 무언가 감지되는 즉시 알마스를 휘둘렀다.

카앙!

어김없이 그곳엔 부채를 든 여인이 서 있었다.

"어머? 내가 너무 봐줬나 보네. 이 정도면 될 줄 알았더니."

독사와 같이 교활한 그녀의 미소는 여전했다.

"그럼 이건 어때?"

그 순간 준형은 놀라운 광경을 목격해야만 했다.

"어때?"

"나 잡아 봐라."

"뭐가 진짜일까?"

"알아볼 수 있겠어?"

분신이었다.

놀랍게도 준형을 둘러싼 수십의 분신이 제각기 다른 자세를 취한 채 다가오고 있었다.

'눈속임이다. 속지 말자.'

본체를 찾기 위해 기감을 더욱 넓은 반경으로 확장한 바로 그 순간이었다.

"이럴 수가!"

얼마나 놀랐는지 육성이 튀어나왔다.

허상이라고 생각한 분신 하나하나가 모두 기운을 지니고 있었던 것.

저마다 다른 기운을 지닌 분신 중 무엇이 진짜인지 파악하는 게 불가능했다.

"호호, 아직도 못 찾았어?"

"이제 찾지 않으면 위험할 텐데?"

"아잉, 얼른 찾아봐."

서서히 다가오는 그녀를 바라보는 준형의 눈가에 절망이 깃들었다.

'이건 도리가 없겠어.'

바보가 아닌 이상에야 그 차이를 실감하지 못할 턱이 없다.

정훈이라는 거대한 산을 만난 이후 또 한 번의 좌절감이 그를 물들였다.

지금 힘으론 어찌할 수 없는 상대. 마음이 꺾인 순간 기세 또한 그 영향을 받아 한풀 꺾였다.

"칫, 조금 재미있을 줄 알았더니 이게 뭐야."

"하암, 재미없어."

"그럼 죽어!"

약을 올리듯 느릿하게 다가오던 그녀의 분신 모두가 빠른 속도로 쇄도했다.

'끝인가.'

눈을 감았다.

의도적인 건 아니다. 그저 마지막 순간이라 생각하니 절로 눈이 감겼다.

불과 0.1초도 되지 않는 짧은 순간.

하지만 준형에겐 억겁과도 같아 수많은 장면이 주마등처럼 스쳐 지나갔다.

그중 상당수를 차지한 건 정훈과 겪었던 일이었다.

그가 산 인생에 비하면 지극히 짧은 만남에 불과했으나, 정훈이라는 존재가 얼마나 많은 영향을 끼쳤는지 알 수 있는 부분이었다.

"누구 마음대로 죽으려고?"

'그래. 그분이라면 이렇게 말했겠지.'

주마등이 일으킨 환청일 뿐이라 여겼다.

"꺄악!"

고통이 아닌 비명, 그것도 여인의 비명에 준형의 눈이 번쩍 뜨였다.

그리고 확인할 수 있었다. 지금 이 순간 태산보다 더 듬직한 한 사내의 등을 말이다.

"정훈 님!"

정면을 보지 않아도 알 수 있다. 이 정도의 존재감을 뿜낼 존재, 그가 알고 있는 한 정훈이 유일했다.

"대화는 나중에."

정훈은 뒤도 돌아보지 않은 채 대답했다.

그의 시선은 오직 치파오의 여인에게 향해 있었다.

어느새 주위를 포위하던 모든 분신이 사라진 상태.

본체를 간파한 정훈의 개입이 있었던 탓이다.

"너, 너 어떻게 한 거야?"

그녀는 지금 정신을 차릴 수 없었다. 그녀를 지금의 자리에까지 있게 해 준 성명절기가 간파당한 것이다.

"그딴 잔재주에 당하는 게 멍청이지."

상대를 깎아내림과 동시에 준형을 비난했다.

"감히 네놈 따위가!"

"시끄럽고, 들어와."

그 자리에 가만히 서서 손을 까닥거렸다.

정훈의 능숙한 도발이 끝나기도 전 그녀가 움직였다.

순식간에 주위로 불어나는 분신. 조금 전 준형 때와는 달리 그 수가 수백, 수천에 달했다.

만변萬變. 모든 허상이 제각기 움직이는 건 물론 독특한 기운을 품고 있는 분신술의 극치.

특히 지금은 조금의 여유도 없이 지난바 모든 기운을 끌어

낸 것이었다.

'말도 안 돼!'

이를 바라본 준형은 경악을 금치 못했다.

저 많은 분신 중에 진짜를 구분하는 게 가능하기나 한 걸까?

정훈에 대한 확고한 믿음을 가진 그도 조금은 걱정이 될 수밖에 없었다.

하지만 그의 시선 속 정훈은 여전히 무덤덤한 표정이었다.

"잔재주라니까."

독백하듯 중얼거린 그의 안광이 번뜩인다.

집중하는 그의 눈엔 선명히 보였다. 주위를 뒤덮은 기의 연결고리가, 그리고 그 모든 것의 중심이 되는 하나의 본체까지도.

바로 저곳. 의지가 닿은 순간 그의 육신은 그곳으로 움직였고, 본체의 목덜미를 부여잡은 채였다.

"커, 킥!"

저항할 수 없는 악력에 의해 발이 들린 그녀가 숨넘어가는 소릴 내뱉었다.

기의 연결이 끊기자 자연스레 주변의 모든 분신이 사라졌다.

목을 잡는 간단한 동작만으로 화려한 변화를 제압한 것이다.

"현화 님이 위험하다!"

"녀석을 죽여!"

정훈의 손에 잡힌 여인을 구출하기 위해 수백의 인원이 움직였다.

그들은 캐퓰렛가와 대치하고 있었던 몬태규의 일원, 아니 정확히 말하자면 이스턴의 무사들이었다.

지금까지는 장난이었다는 듯 몸놀림이 쾌속하기 그지없었다.

"잔챙인 필요 없으니."

수백 명의 접근에도 무덤덤하다.

필요한 목숨은 하나뿐. 나머지는 즉결처형이었다.

화르륵.

오른손에 쥔 화신에 마력을 주입했다.

패의 경지, 그것도 2천에 육박하는 마력은 화신의 불꽃을 작은 산만큼이나 부풀렸다.

"꺼져."

거대화된 백화의 검을 휘두른다.

그것으로 끝이었다.

대단한 동작이나 화려한 연출은 없었다.

하지만 그 일련의 동작이 일으킨 결과는 가볍지 않았다.

무거운 정적이 장내를 지배했다.

정훈을 향해 달려들던 수백의 무사들의 동작이 멈췄다.

마치 시간이 멈춘 것만 같은 광경이었지만 조금만 자세히 살펴보면 모든 무사가 본래의 색을 잃은 채 하얗게 물들었음을 알 수 있다.

화신에 의해 모든 생명 에너지가 소각된 것. 육신은 여전히 남아 있으나 영혼은 사라진 빈 껍데기에 불과했다.

고작 일격에 의해 무적, 혹은 괴물이라 두려워하던 이스턴 무사 수백 명이 죽음에 이른 것이다.

"크, 커큭!"

이 믿을 수 없는 광경에 제압된 여인, 현화는 경기를 일으켰다.

그야말로 압도적인 신위神威에, 불과 조금 전 준형이 느꼈던 절망감을 이제는 그녀가 느껴야만 했다.

파리 쫓듯 이스턴 무사들을 전멸시킨 정훈의 시선이 현화에게 닿았다.

"귀찮게 널 살려 둔 이유는 하나. 지금부터 내가 하는 질문에 거짓 없이 말해 줘야겠어."

감히 누구의 말이라고 거역하겠는가. 압도적인 무력 앞에 굴복한 현화는 그저 고개를 끄덕일 수밖에 없었다.

강자존의 세계 이스턴. 구성원 하나하나가 대단한 무력을 지니고 있으나 개중엔 특출난, 흔히 말하는 천재와 같은 부류도 있기 마련이었다.

감히 무의 정점에 이르렀다 자신하는 네 명의 고수.

동천東天, 서황西皇, 남주南主, 북존北尊.

혜성처럼 강호에 등장한 그들은 이름난 고수들을 차례로 쓰러뜨리며 명성을 쌓아갔다. 그렇게 출사표를 던진 지 고작 1년. 신출내기에 불과했던 그들은 어느새 이스턴을 대표하는 절대자가 될 수 있었다.

의례 그렇듯 강자에겐 사람이 모이는 법.

시간이 지나 그들의 이명은 곧 이스턴의 가장 강대한 네 개 세력으로 변모했다.

현화는 그중 남주 소속으로 적검대赤劍隊의 부대주를 맡은, 나름 이름이 알려진 고수 중 하나였다.

'알고 있던 것과 크게 다르진 않네.'

정훈은 그녀를 통해 이스턴의 전반적인 상황을 캐물었다.

과연 예상과는 다르지 않은 내용이었다.

아니, 사실 별 내용이 없다.

이스턴의 상황이라고 해 봐야 그곳을 지배하는 네 개 세력을 알면 거의 모든 것을 파악하고 있다고 봐도 무방하기 때문이다.

그 간단한 상황은 그가 게임 속에서 알고 있던 정보와 다르지 않았다.

"혹시 유운이란 잘 알고 있나?"

얼마 전, 죽은 자들의 세계에서 사투를 벌였던 유운이란 사내.

분명 그도 남주 소속이었다. 그렇다면 같은 소속인 현화도 그를 알고 있지 않을까.

"유, 유운 대주님 말인가요?"

당황한 현화가 되물었다.

엉겁결에 내뱉은 그 한마디엔 많은 정보가 압축되어 있었다.

"대주였어? 어쩐지 강하다 했더니."

그제야 유운의 강함을 이해할 수 있었다.

비록 적검대가 하위 검대라곤 하지만, 그래도 남주 휘하에 배속된 무력 집단.

그곳의 대주 정도 되는 직위라면 굉장한 실력자라고 봐도 무방했기 때문이다.

"유운 대주는 어떻게 됐죠?"

유운이란 이름을 알고 있다는 건 서로 마주쳤다는 것을 의미하는 것.

비록 사로잡힌 신세에 불과했으나 대주의 행방에 대한 궁금증을 참지 못했다.

"죽었어."

"아!"

잔인한 그의 답변에 의문을 품는 일은 없었다.

그녀에겐 한없이 높게만 보였었던 대주였으나 눈앞의 정훈과 비교하면 반딧불과 달빛에 비견될 정도로 그 차이는 심각한 수준이었다.

손을 섞었다면 그 패자는 당연히 유운일 수밖에 없었다.

"그런 데 녀석이 죽기 전에 이상한 말을 남겼거든. 혹 용 문양 반지를 낀 자에 대해서 알고 있는 건?"

유운이 생을 다하기 전, 용 문양 반지를 낀 자에 대해 언급했다.

그냥 언급하는 정도였다면 기억에 남지 않았을 것이다. 하지만 그 말을 내뱉던 유운의 눈동자엔 근원적인 공포가 깃들어 있었다.

도대체 얼마나 위험한 자이기에 그와 같은 고수를 공포에 떨게 할 수 있단 말인가.

"그, 그건 어떻게……?"

그 말에 현화의 얼굴에 공포가 덧씌워졌다.

그건 눈앞의 정훈을 향한 것이 아닌 미지의 존재를 향한 공포였다.

'그저 떠올리는 것만으로 이 정도라고?'

내심 놀랄 수밖에 없었다. 압도적인 위용을 보였음에도 자신이 아닌 타인에게 두려움을 느끼고 있다는 것.

그가 얼마나 위험하고 강력한 존재인지 알 수 있었다.

"용환龍環의 주인에 관한 건 금기예요. 차라리 죽여 주세요."

지금까지 정보를 발설한 건 살고자 하는 게 아니라 고통 없는 죽음의 자비를 구하기 위해서였다. 하지만 금기에 관한 부분을 묻는다면 고통스러운 죽음을 선택할 수밖에 없었다.

"뭐, 충분히 도움이 됐어. 잘 가라."

들어야 할 건 다 들었다.

어느새 바꿔 든 엑스칼리버로 그녀의 목을 베었다.

툭.

머리와 몸이 분리되었지만, 피 한 방울 나지 않았다.

성스런 기운을 지닌 엑스칼리버의 능력. 바라던 대로 고통 없는 죽음을 준 것이다.

그녀의 죽음과 함께 준형이 다가왔다.

"못 본 사이에 더 강해지신 것 같습니다."

괜히 띄워 주기 위한 게 아니라 진심이었다.

예전 정훈도 괴물이라 불릴 만했지만, 지금은 그 수준이 달랐다. 같은 인간이 맞는지 새삼 의심스러울 정도였다.

"넌 못 본 사이에 더 약해진 것 같다?"

"그게 노력한다고 했는데, 많이 부족했던 것 같습니다."

상대가 나빴다고 핑계 댈 법도 하건만 그러지 않았다.

'이래서 마음에 든다니까.'

물론 그 점이 달갑다. 스스로 부족하다는 것을 아는 잔 앞으로 발전할 여지가 남아 있다는 것을 뜻한다.

준형, 그는 조금의 도움만 준다면 장래에 꽤 큰 인물로 성장할 게 틀림없었다.

'이제는 힘을 좀 실어 줘야겠어.'

가능성을 보기 위해 지금까진 내버려 뒀었다.

하지만 일반적인 성장으론 감당할 수 없는 경쟁자들이 등장하는 지금엔 불가능한 일.

생존할 만한 최소한의 힘을 실어 줄 필요성이 있었다.

"알면 됐고. 그보다 자리를 좀 옮겼으면 하는데."

보는 눈이 많은 걸 원치 않는다. 그 말의 의미를 찰떡같이 알아들은 준형이 고갤 끄덕였다.

"알겠습니다."

간부 중 한 명에게 캐퓰렛가의 귀환을 일임한 준형은 정훈을 따라 그의 거주지로 이동했다.

"와아!"

모든 확장이 진행된 거주지를 본 준형은 연신 감탄사를 내뱉고 있었다.

그 또한 거주지를 발전시키기 위해 꾸준히 퀘스트를 진행했고, 요즘에 와선 충분히 만족할 만한 성과를 거두었다 여겼다.

하지만 막상 정훈의 거주지를 보게 되자 자신이 이룩한 게 얼마나 보잘것없는 것인지 새삼 깨달을 수 있었다.

"그만 구경하고 앉지?"

"네, 네."

자신의 행동이 마치 서울에 갓 상경한 시골뜨기를 연상케
한다는 것을 깨닫곤 급하게 자리에 앉았다.

두 사람은 고급스러운 탁자를 사이에 두고 마주 앉았다.

"네 밑에 부하들의 수가 얼마지?"

자리에 앉기 무섭게 질문이 이어졌다.

"부하라기엔 그렇고, 뜻을 함께하는 인원이라면 5천 명 정
도입니다."

그간 다른 길드를 흡수해 성장하던 협력 길드였지만 3막
의 다른 입문자들과의 전투로 많은 이들이 목숨을 잃었다.

현재 살아남은 이라고 해 봐야 5천 명.

그것도 이번 전투에서 꽤 많은 희생이 있었으니 그마저도
더 줄었을 터였다.

"그중 믿을 만하다 판단되는 인원은?"

연이은 질문. 무슨 의도로 묻는지 궁금할 법도 하건만 준
형은 그저 착실히 답할 뿐이었다.

"흠, 제 뒤를 맡길 수 있을 정도라면 500명 정도 됩니다."

협력 길드라는 한 깃발 아래 뭉쳤지만, 신뢰할 수준에 있
는 이들은 많지 않았다.

사실 말만 한 길드지, 여러 길드가 뭉친 동맹 관계라고 볼
수 있었던 것이다.

그렇기에 완전히 신뢰할 만한 인원은 많지 않았다.

"너무 많아. 더 줄여. 조금의 의심도 없이, 네 목숨을 내어 줘도 될 만한 인원을 추려 봐."

하지만 그마저도 많다. 정훈은 더욱 추릴 것을 요구했다.

"목숨을 내어 줄 만한 사람이라."

지금까지 함께한 많은 이들의 얼굴이 떠올랐다. 그중 목숨을 줘도 아깝지 않은 이들이라면…….

"300명 정도 되겠군요."

1막부터 지금까지 생사고락을 함께한 이들. 최초에 협력이라는 이름 아래 모인 그들이라면 목숨을 내어 줘도 아깝지 않았다.

"300명이면 적당하네."

고개를 끄덕인 정훈은 곧장 보관함을 열어 아이템을 추리기 시작했다.

그 분류 작업은 생각보다 오래 걸리지 않았다.

"받아."

탁자에 놓인 건 손바닥 크기 정도 되는 네모난 은색 상자였다.

"이건……?"

은색으로 반짝이는 게 평범해 보이진 않으나 아무리 봐도 그 용도를 알 수 없었다.

"300명분의 유일급 무구 세트가 든 상자."

정훈이 건넨 건 평범한 상자가 아니었다.

공간 압축 마법이 부여된 상자 안에는 지난 7일 동안 제작한 유일급 무구 세트, 그것도 300명분의 수량이 들어 있었다. 물론 이 많은 무구를 제작하는 동안 대장장이 숙련도가 전문가에 이른 건 말할 것도 없다.

"신뢰할 만한 그 300명에게 나눠 주도록 해."

도무지 믿기지 않았던 준형의 눈이 휘둥그레진다.

"그러니까 이 작은 상자에 300명분의 무구 세트가 들어 있다는 말씀이시죠?"

"두 번 말하게 하지 말라고 말했을 텐데."

"그, 그게 알고는 있지만, 믿기지 않아서 말입니다."

그럴 수밖에 없다.

1~2개도 아니고 300개의 유일급 세트 무구라니.

누구는 희귀급 하나를 얻기도 힘든 마당이었기에 쉽게 믿기지 않았다.

"궁금하면 지금 열어 보든가."

"아닙니다. 당연히 들어 있겠죠."

괜한 행동으로 심기를 거스를 순 없는 일.

건네받은 상자를 소중히 품었다.

"그리고 이건 계약 이행의 대가."

은색 상자와는 비교할 수 없는 휘황찬란한 것들이 탁자를 수놓았다.

황금빛 광채를 뽐내는 화려한 검과 은빛 광택으로 번쩍이는 방어구.

바로 성물급 무기인 엑스칼리버와 아레스의 권능이 깃든 보호구, 투신의 가호 세트였다.

"이, 이걸 저에게 주시겠단 겁니까?"

지금까지 넙죽넙죽 잘 받아 오던 준형조차 되물을 수밖에 없었다.

언뜻 보기에도 범상치 않은, 아니, 지금껏 구경도 해 보지 못한 등급의 무구임을 알아본 것이었다.

"과분한 건 알아. 하지만 이 정도가 아니면 금방 죽어 나자빠질 테니 어쩔 수 없잖아."

이미 대행자로서 낙점한 이상 확실히 힘을 실어 줄 생각이었다. 지금 탁자에 놓인 성물급 무구라면 웬만한 강적이 아닌 이상에야 쉽게 죽진 않을 것이다.

"거듭 감사드립니다. 이 은혜는 절대 잊지 않겠습니다."

아무리 계약에 의한 대가라지만 준형은 안다, 이계에선 그들 5천 명의 가치보다 눈앞의 무구가 더 중하다는 것을.

그렇기에 정훈의 선물이 더욱 고마웠다.

"알면 됐어. 그리고 한 가지 더."

지금도 충분히 과하지만, 정훈의 보상은 그걸로 끝이 아니었다.

미리 준비해 두었던 종이 쪽지를 건넸다.

뒤이어 의문스러운 준형의 시선이 향했다.

"그곳에서 한동안 박혀 있어. 그럼 꽤 만족할 만큼 성장할 수 있을 거야."

쪽지에 적혀 있는 건 현재 준형을 비롯한 그의 동료들이 빠르게 성장할 수 있는 서브 시나리오에 관한 내용이 적혀 있었다.

너무 많은 부분에 도움을 주는 게 아닐까 염려되기도 했지만, 생각했던 것보다 더 이른 시간에 강적이 등장하고 있기에 더는 내버려 둘 수 없었다.

강제로라도 일정 수준 이상을 끌어올리는 수밖에.

"명심하겠습니다."

일사천리로 둘의 이야기가 모두 끝나는 바로 그 순간이었다.

-퀘스트 발생

우연치 않게도 메인 퀘스트의 발생을 알렸다.

퀘스트 : 결혼식(보호)
내용 : 줄리엣과 패리스 백작의 결혼식 보호(진행)
제한 시간 : 결혼식이 끝날 때까지
성공 보상 : 활약에 따른 차등 보상
실패 벌칙 : 없음

"정훈 님."

막 일어나려던 준형이 시선을 보내 왔다.

어떻게 하면 좋을지 지시를 기다리는 것이었다.

"내가 연락하기 전까진 그곳에서 나오지 마. 이번 전장은 너희가 낄 만한 곳이 아니니까."

단순히 메인 퀘스트만 노린다면 이리 경고하지 않을 것이다.

하지만 정훈이 궁극적으로 노리는 것. 그 길은 수많은 이들의 피로 얼룩진 길이 될 터였다.

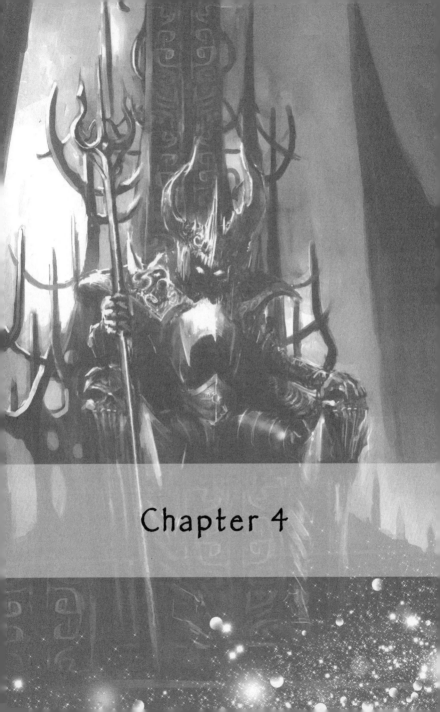

Chapter 4

캐풀렛가 정원.

본래도 주기적인 관리로 아름답게 가꿔져 있던 그곳은 오늘따라 색색의 장미로 그 화려함을 더하고 있었다.

변화는 장미뿐만이 아니었다.

흰색 릴이 달린 구조물이 들어서 있었고, 사람의 출입이 제한되어 있던 정원은 많은 사람으로 북적였다.

그 면면을 살펴보면 대다수가 화려한 예식 복이다.

그도 그럴 게 여기 모인 이들은 베로나 영지에서도 힘 좀 쓴다는 가문의 사람들이었기 때문이다.

이들이 어렵사리 한자리에 모인 건 캐풀렛 가문의 영애 줄리엣과 베로나 영주의 아들, 패리스 백작의 결혼식을 축하해 주기 위해서였다.

　물론 축하라는 명목 아래 미래의 영주 패리스에게 눈도장을 찍겠다는 의도가 더 컸지만 말이다.

　목적이야 어찌 됐든 유명 가문들의 인사들이 모인 자리.

　당연히 그 경계는 삼엄할 수밖에 없었다.

　저택 외부, 빈틈없이 줄을 지어 서 있는 캐풀렛가 일원들은 완전 무장을 한 채 주위를 경계하고 있었다.

　하지만 그 기세가 단순히 경비를 서는 수준을 넘어섰다. 그럴 수밖에 없다.

　이제 얼마 지나지 않아 적, 몬태규가의 공격이 예정되어 있었기 때문이다.

　이 자리는 단순한 결혼식이 아니다.

　그간 중립으로 일관하던 베로나 영주가 캐풀렛가와 동맹을 맺는 자리인 것.

　두 가문의 힘은 백중지세.

　그중 누군가가 영주의 힘을 등에 업는다면 결과야 뻔했고, 당연히 이를 제지하려는 움직임이 있을 수밖에 없었다.

　사실 정상적인 동맹의 자리였다면 몬태규가가 감히 침입할 수 없었을 테지만, 베로나 영주의 특이한 행보로 그것이 가능하게 되었다.

　결혼식장 주변은 오직 캐풀렛가의 일원들뿐, 영주의 병력은 찾아볼 수 없었다.

캐퓰렛가의 요청에도 병력 지원을 거부했기 때문이다.

이 상황에 두 가문이 받아들인 건 이번 결혼식의 성사 결과에 따라 힘을 실어 주는 가문을 결정하겠다는 것.

캐퓰렛가의 입장에선 결혼식을 제안한 베로나 영주를 괘씸하게 여길 수도 있는 상황이었다. 아니, 애초에 정략결혼을 거절할 수도 있었지만, 그러지 않았다.

결혼식이 열리는 곳이 가문 바로 앞마당이라는 지리적 이점이 있기 때문이었다.

아무래도 방어하는 쪽보단 공격하는 쪽이 불리할 수밖에 없는 현 상황을 긍정적으로 받아들였던 것이다.

그동안은 공멸할 위험성 때문에 자제한 것이지, 어떻게든 상대 가문을 멸문에 이르게 하고 싶은 뿌리 깊은 증오심이 만연한 상태였다.

아예 이번 기회를 통해 끝장을 보겠다는 캐퓰렛 공의 결정으로 비정상적인 이 자리가 마련될 수 있었다.

"하, 신입 새끼들 쳐 빠져 가지고. 이런 중요한 자리를 나 몰라라 하고 내빼? 어디 돌아오기만 해 봐라. 쓴맛이 뭔지 단단히 보여 주지."

평소 괄괄하기로 유명한 기사, 삼손이 이를 갈았다.

현재 저택을 경호하고 있는 인원 전부가 주민들이었다.

그가 이를 갈고 있는 신입, 즉 입문자는 모두 몸을 뺀 상태였다.

일부도 아닌, 한 명을 제외한 모두가 말이다.

주민들은 이해할 수 없는 일이나 입문자, 그것도 캐퓰렛가에 소속된 이들에겐 선택의 여지가 없었다.

상대 몬태규가에 소속된 이스턴 출신 무사들의 힘이 압도적으로 강하기 때문이었다.

그간의 전투를 통해 확실히 깨달은 건 충돌해 봐야 바위로 달걀을 치는 격이라는 것.

목숨이라도 건지고 싶다면 피하는 게 상책이었다.

물론 이러한 사정을 모르는 주민들은 입문자의 행동을 비난할 수밖에 없었다.

특히 가문의 명예를 중요시하는 기사 엑손은 그 정도가 더욱 심한 편이었다.

"어차피 그런 겁쟁이 녀석들 있으나 마나 도움이 안 되는 건 매한가지 아닙니까. 신경 쓰지 마십시오, 삼손 경."

그 말을 받은 건 역시 기사인 그레고리.

평소 절친한 두 사람은 경계를 서는 무료함을 달래기 위해 막을 섞고 있었다.

"물론 그걸 모르는 건 아니지만, 아무래도 사기에 영향을 미칠 것 같아 걱정스럽단 말이지."

가문과 가문이 충돌하는 대규모 전투에선 눈에 보이는 쪽수라는 게 사기에 많은 영향을 미친다.

현재 가문 인원의 절반을 차지하는 입문자들의 이탈은 사기에 부정적인 영향을 미칠 게 틀림없었다.

"그 부분은 어쩔 수 없지요. 그래도 우리에겐 티벌트 단장님이 있지 않습니까."

"하긴 그렇지. 요즘 단장님을 보면 누가 오더라도 절대 지지 않을 것 같단 말이야. 설사 그 로렌스 녀석이 온다 해도 금방 뻗어 버릴걸?"

캐풀렛가의 티벌트와 몬태규가의 로렌스.

두 가문을 대표하는 기사답게 실력 또한 우열을 가릴 수 없었으나 이제는 다르다.

근 한 달간, 마치 오늘만 사는 사람과 같이 부단히 연마한 티벌트가 마침내 하나의 벽을 깨 버렸던 것.

깨달음이라는 게 그리 쉽게 찾아오지 않는 것인 만큼 이번엔 티벌트가 로렌스를 쓰러뜨리리라 믿어 의심치 않았다.

"게다가 저 괴물도 있으니."

삼손의 시선이 먼 곳을 향했다.

적은 인원에도 지지 않을 거라는 자신감의 발로였다.

표면적인 이유로는 티벌트를 댔지만, 정작 그 근원적인 이유를 따라가면 북쪽 문이 나온다.

수많은 인원이 줄을 서 있는 곳과는 달리 한산한 그곳엔 오직 한 사람만이 지키고 서 있었다.

미동도 없이 전면만을 바라보고 있는 사내. 검은 안대로 한쪽 눈을 가린 그는 정훈이었다.

메인 퀘스트가 발생한 즉시 캐풀렛가로 돌아온 그는 가장 많은 적의 침입이 예상되는 북쪽 문을 홀로 지키겠다고 요청했다.

얼핏 듣기엔 터무니없는 소리였지만, 그의 요청은 받아들여졌다.

티벌트를 쓰러뜨리며 실력을 인정받은 정훈이었기에 가능한 일이었다.

'이제 곧 시작되겠군.'

시각은 오후 3시 55분.

예상과 다르지 않다면 적의 습격은 4시 정각에 이루어진다.

5분이 남아 있으니 지금쯤이면 움직이고 있으리라. 그리 짐작한 정훈은 기감을 좀 더 넓게 확장했다.

'역시.'

불과 조금 전까지만 해도 느낄 수 없었던 기운을 느낄 수 있었다.

수만 명으로 뭉쳐진 기운이 빠른 속도로 접근하고 있었다.

다른 곳도 아닌 바로 이곳, 북쪽 문을 향해서 말이다.

'병력을 집중시켜 한 곳을 뚫는다.'

그것이 몬태규가의 전술이었다.

괜히 여러 곳에 병력을 분산시켜 힘을 빼느니 한 곳을 집중적으로 노려 저지선을 뚫겠다는 의도다.

게임에서 똑같은 상황을 여러 번 겪었던 그였기에 이러한 사정을 꿰뚫어보고 있었다.

그럼에도 이를 알려 주지 않은 건 퀘스트 보상을 독점하려는 속셈이었다.

이스턴을 두려워한 입문자들이 알아서 빠져 주면서 퀘스트를 독점할 절호의 기회가 생겼고, 이를 놓칠 정훈이 아니었다.

'빠르게 끝낸다.'

비록 지금은 참전하지 않고 있지만, 분명 어디엔가 상황을 보고 끼어들려는 녀석들이 있을 것이다.

100퍼센트 활약도 보상을 받기 위해선 그 어떤 방해도 있어선 안 된다.

온전히 그의 손에서 모든 것을 끝내야 하는 것.

그리고 그것을 위해선 상황을 파악할 틈조차 없이 빠르게 정리할 필요성이 있었다.

결심이 선 순간 그의 무장이 바뀌었다.

기이하게 휘어진 금색 머리띠 긴고가 머리 위를, 그리고 길쭉하고 뭉툭한 막대기 신진철을 양손에 쥐었다.

아직은 미완에 불과하나, 그래도 명색이 불멸급 세트 아이템.

현재 정훈이 지닌 무구 중 가장 강력한 힘을 발휘할 수 있었다.

빠르게 상황을 정리하려는 그의 의도를 엿볼 수 있는 무장이었다.

그렇게 시간이 흐르고, 정확히 4시 정각이 되는 바로 그 순간…….

스슥.

날카롭게 곤두선 정훈의 감각에 잡히는 것이 있었다.

선발대로 짐작되는 수백 명이 어느새 주위를 둘러싼 채 정훈을 노려보고 있는 것이었다.

보편화된 갑옷이 아닌 가벼운 무복을 입고 있는 그들은 이스턴의 무사들.

특히 가장 앞 열에 선 청의 무복의 사내가 내뿜는 기세가 제법 따가웠다.

'유운과 동급, 혹은 그 이상이로군.'

유운 정도면 강자 중에서도 손에 꼽힐 정도지만, 이미 그를 쓰러뜨린 바 있다.

게다가 지금은 그때완 비교할 수 없는 무력을 손에 넣은 상황.

두려워할 이유가 하나도 없었다.

"한 명?"

하지만 정훈의 내력을 알 턱이 없는 상대는 어이가 없을 뿐이었다.

이내 함정이라고 짐작한 탓일까.

뒤이어 그들의 고개가 사방으로 돌아갔다.

혹시 숨어 있을지 모를 적을 찾아내기 위함이었다.

"찾을 필요 없어. 이곳엔 나 하나니까."

물론 그 말을 믿지 않았다.

다만 적이 있든 없든, 함정이든 무슨 속셈이 있든 그들이 할 일은 저지선을 뚫는 것.

그 한 가지 사실에는 변함이 없다.

"돌파!"

선발대를 이끄는 사내, 청강의 명령에 지면을 튕긴 수백 명이 빠른 속도로 정훈에게 쇄도했다.

"화과산의 왕, 미후왕美猴王 납시오."

신진철과 긴고, 두 개 세트 아이템을 지니고 있어야만 비로소 발휘할 수 있는 격.

특히 이 능력은 단순히 능력을 빌려오는 강림의 형태가 아닌 그 존재로 변신하게 된다.

드드득.

온몸의 근육이 제멋대로 꺾여 체형이 변한 건 물론 빳빳한 갈색 털이 솟아났다.

변한 건 외형만이 아니다.

능력치가 500퍼센트 상승하며 전투 감각이 극도로 고양된다.

그렇지 않아도 능력치 깡패였던 정훈이 이제는 그야말로 괴물이 된 것이다.

"커져라."

크기를 자유자재로 늘릴 수 있는 신진철의 능력을 발동했다.

눈 깜짝할 사이 거대화된 신진철을 아래로 내리찍었다.

일련의 간단한 동작이었지만, 그 광경은 거대한 산이 내려앉는 것과 같이 장엄했다.

콰콰쾅.

충격에 지면이 붕괴됐다.

그 충격이 얼마나 위력적인지 일대에 지진이 일어날 정도였다.

위력뿐만 아니라 속도까지 갖춘 일격을 피하지 못한 적은 죽음의 흔적조차 남기지 못한 채 으스러지고 말았다.

"미친!"

믿을 수 없는 광경에 청강이 소리치고 말았다.

아무리 미쳐 돌아가는 세계라지만, 저런 위력이라니. 강자들의 세계인 이스턴을 헤쳐 온 청강에게도 낯선 광경이었다.

'이건 위험해.'

손을 섞어 보지 않았지만, 그 위력에 압도당할 수밖에 없었다.

불길한 기운이 스멀스멀 기어 올라와 온몸을 옥죄는 기분. 이럴 때는 피하는 게 상책이다.

'하지만 돌이킬 수 없다.'

이미 후속 병력이 도착해 뒤를 받쳐 주고 있다.

이 많은 인원이 고작 1명이 두려워 꼬리를 만다는 건 있을 수 없는 일이었다.

'그리고 저런 위력은 한 번, 혹은 두 번이 한계일 터.'

저런 강력한 힘을 계속 발휘할 순 없을 것이다.

결심을 굳힌 청강이 자신의 애검 태아를 뽑아들었다.

"전원 돌격!"

내릴 수 있는 명령은 하나.

말을 내뱉음과 동시에 지면을 힘껏 박찬 그가 무서운 속도로 튀어 나갔다.

순식간에 사정거리에 적을 둔 그의 검이 쇄도했다.

무음無音의 검. 소리마저도 뒤에 들릴 정도로 극쾌의 경지였다.

'끝이다!'

그 순간 청강은 승리를 장담했다.

검이 쇄도하고 나서도 꽤 시간이 지났다.

물론 남들에겐 찰나에 불과한 순간이지만, 이 정도 시간이라면 적의 목을 베는 건 정해진 거나 다름없다.

승리를 직감한 그의 눈동자가 희열로 물들 때쯤이었다.

퍽―.

뒤늦게 움직인 정훈의 신진철이 복부를 꿰뚫었다.

이럴 수가.

청강의 눈동자가 경악으로 물들었다.

분명 늦게 움직였는데 어째서. 왜 상대의 공격이 먼저 닿을 수 있단 말인가.

"느려."

목숨을 잃어 가는 청강의 귓가로 한 줄기 음성이 파고들었다.

'씨발. 도대체 얼마나 빨라야…….'

쾌 하나를 추구했던 청강. 그는 죽기 직전까지 굴욕을 맛봐야만 했다.

상반신은 독수리, 하반신의 인간을 닮은 종족 아퀼라.

인간의 몇천 배에 달하는 시야를 가진 이들의 장기는 정찰이었다.

그건 지금도 마찬가지.

한창 전투가 벌어지고 있는 저택과 5킬로미터 이상 떨어진 곳에서도 전황을 세세하게 관찰하고 있었다.

사실 모든 입문자가 떠난 캐풀렛가의 패배가 확실시되는 상황이다.

그럼에도 자리를 떠나지 못하고 있는 건 그 유명한 이스턴의 무사들의 전투 방식을 보기 위함이었다.

어떤 식으로든지 본인의 경험에 도움이 될 것이라는 판단에서였다.

"저건 도대체 어디서 나온 괴물이야?"

첫 교전이 끝나는 순간 그 생각을 바꿔야만 했다.

압살. 지금 벌어지고 있는 광경에 어울리는 단어가 아닐 수 없었다.

예상하고 있었던 이스턴 무사들의 활약이라면 별반 반응할 이유도 없었겠지만, 상황은 정반대였다.

고작 한 명에 불과한 캐풀렛가에서 적들을 쓸어 버리고 있었다.

그것도 아주 압도적인 위용을 보이면서 말이다.

"먹고 떨어질 게 꽤 있겠는데."

명색이 메인 퀘스트다.

그 보상의 달콤함이야 이루 말할 수 없다.

이스턴이 상태였기에 일찌감치 마음을 접었으나 지금 상황이라면 이야기가 또 다르다.

"분명 다른 놈들도 참전할 테고."

자신과 같이 미련을 접지 못한 몇몇이 상황을 주시하고 있었을 터.

흘러가는 상황을 확인한다면 반드시 참전할 것이다.

그만큼 상황은 캐풀렛가의 승리로 기울고 있었다.

먼저 치고 들어갈수록 보상은 늘어난다.

'그런데 뭔가 불안해.'

몸은 움직이고자 하는데 자꾸 머리, 아니, 감이라는 게 그를 만류했다.

고작 기분 따위에 연연하는 게 우습게 보일 수도 있으나 그 감이 위험에서 구해 준 게 여러 번이었다.

'가, 말아?'

갈팡질팡.

하지만 이내 결정을 내린 듯 그 자리에 멈췄다.

'일단은 좀 더 지켜보자. 뭐든 죽는 것보단 나을 테니까.'

더 지켜보자는 쪽으로 결론을 내린 그가 다시 집중을 시작했다.

눈동자가 칼처럼 가늘어지면서 시야가 확장되었다.

마치 다른 세상을 보는 듯 사물이 반전되면서 조금 전 전장이 다시금 나타났다.

'역시 끼어드네.'

일단의 무리가 전장에 합류하고 있었다.

어딜 봐도 상황을 지켜보다가 부랴부랴 뛰쳐나온 이들. 그중엔 꽤 안면이 있는 동족도 함께였다.

'그래. 너희도 먹고살아야…… 어?'

동족의 안녕을 기원하고 있을 무렵 사건이 터졌다.

빈틈없이 둘러싼 적들의 공세 속에서도 여유가 있었던 정훈의 기감에 여러 명의 침입자가 포착되었다.

'이 새끼들이?'

사선 방향으로 접근 중인 그들의 목적을 짐작하는 건 어렵지 않은 일이었다.

그것은 결국, 우려하던 훼방꾼의 등장이었다.

불리할 때는 몸을 쏙 빼놓고, 정훈의 활약을 보곤 보상을 얻기 위해 접근하고 있는 것.

'처음부터 참전했다면 모를까, 그렇게는 안 되지.'

애초에 100퍼센트 활약 보상을 목적으로 하는 정훈에게 그들은 훼방꾼 그 이상이 아니었다.

"늘어나라."

늘어난 신진철을 회전시켜 달려드는 적들을 튕겨 냈다.

"커헉!"

달라붙는 벌레를 쫓듯 가벼운 동작이었지만, 그 실린 힘은 장난이 아니었다.

튕겨 나간 대다수가 그 일격에 의해 목숨을 잃어야만 했다.

하지만 여전히 적은 건재했다.

잠시 정훈의 기세에 밀려 주춤하고 있을 뿐, 한 번에 밀고 들어온다면 침입을 허용할 수밖에 없는 상황이었다.

아니, 그보단 얌체족들에게 0.1퍼센트의 활약을 헌납해야 하는 게 가장 큰 문제였다.

'어림없는 소리!'

이미 이 모든 상황을 염두에 두고 있었던 터였다.

"미후왕이 명하니 나의 분신들아, 적들을 섬멸해라."

미후왕으로 변신 중일 때만 한정적으로 발휘할 수 있는 만환萬幻의 술법.

정훈의 모습과 똑같은 분신이 기하급수적으로 늘어났다.

일전에 현화가 펼쳐 보였던 분신술과 일맥상통하나 그 능력의 차이는 비교할 바가 못 된다.

현화의 것은 실체를 파악하지 못하도록 기운을 지닌 허상에 불과했지만, 정훈의 분신은 모두가 실체였다.

물론 본체와 똑같은 능력을 지닐 순 없다.

개체 하나하나가 지니는 능력은 본체의 10퍼센트밖에 되지 않는 것.

그마저도 마력이 다하면 사라지게 되는데, 마력 소모가 어마어마하다.

지금도 계속해서 사라지는 마력은 미후왕으로 변신해 500퍼센트가 증가한 정훈의 마력으로도 오래 유지하기가 힘든 정도였다.

"커져라!"

"커져라!"

정훈의 행동을 똑같이 따라하는 분신. 수천 명 분신이 신진철의 크기를 늘렸고, 그 거대한 막대기의 향연은 하늘마저도 가려 버렸다.

콰콰콰콰쾅.

수천 명의 정훈이 지니고 있던 신진철이 지면을 강타했고, 세상이 붕괴되었다.

과장된 표현이 아니라 그 영향으로 근방의 모든 지면이 내려앉고 말았다.

당연하게도 범위 내에 있던 적들은 짧은 신음조차 내뱉지 못한 채 전멸에 이르렀다.

－퀘스트 변경.

완료가 아닌 퀘스트 변경 알림이 귓가로 파고들었다.

익히 예상하고 있었던 일.

무덤덤한 표정으로 세부 내용을 확인했다.

퀘스트 : 음모

내용 : 영지의 비극을 낳는 음모를 분쇄
제한 시간 : 30분
성공 보상 : 막대한 보상(이전 퀘스트 활약도 반영)
실패 벌칙 : 이전 퀘스트 활약도에 따른 차등 보상

지금 정훈은 중요한 분기점에 서 있었다.

해당 조건을 충족시키느냐 마느냐에 따라 싱겁게 퀘스트가 완료되기도 하고, 혹은 더 어려운 길로도 나아갈 수도 있다.

'갈 길은 정해져 있지.'

물론 이미 갈 길은 정해져 있다.

현재 100퍼센트의 활약도를 예약해 놓은 상태. 퀘스트의 변경 조건을 충족시키기만 한다면 더 많은 보상을 획득할 수 있다.

제한 시간은 30분.

한가하게 여기서 노닥거릴 시간은 없었다.

주위 한가득한 전리품을 모두 보관함에 넣은 후 부랴부랴 예식이 열리는 곳으로 이동했다.

굉음이 일긴 했으나 워낙 창졸간에 벌어진 일이었기에 밖의 소란이 안까지 전해지지 않았다.

여전히 북적거리는 소란 속에서 예식은 정상적으로 진행되고 있었다.

정훈의 고개가 좌우로 돌아갔다.

얼마 지나지 않아 그의 시야 속에 들어온 건 정갈한 턱시도를 입은 흑발의 사내.

'패리스.'

결혼식의 두 주인공 중 하나인 패리스 백작이었다.

이제 나이 20살.

전체적으로 귀티가 좔좔 흐르는 분위기에 어울리는 준수한 얼굴.

척 보기에도 여자 여럿 울렸을 것 같은 바람기가 다분했다.

아이템
매니아

실제로 패리스는 공공연히 소문이 나돌 정도로 여자 편력이 심했다.

그 성향은 지금도 변하지 않았다.

예쁘고 어린 신부를 맞이한다는 생각에 한껏 들뜬 미소를 짓고 있었던 것.

'멍청한 놈, 아비의 발판이 되는 줄도 모르고.'

제 처지도 모른 채 실실거리는 모습을 보고 있자니 그저 한심할 뿐이었다.

그렇게 한동안 패리스를 주시하던 정훈이 시선을 거둔다.

'검은 깃털 모자. 갈색 뱀 허리띠.'

곧 있으면 벌어질 사건의 범인, 그 인상착의를 떠올렸다.

게임 속 범인은 항상 무작위로 바뀌었다.

하지만 항상 똑같은 복장을 착용하고 있었는데, 그것이 지금 정훈이 떠올린 것이었다.

예리한 그의 시선이 식장 내에 있는 모든 이들의 전신을 훑었다.

식장에 모인 수많은 사람.

범인이라면 인상착의를 추리는 데 많은 시간이 소요되었을 것이다.

하지만 어마어마한 능력치로 인한 동체시력의 상승은 고작 3분이라는 짧은 시간에 이를 가능케 했다.

식장의 오른쪽 구석. 그곳에 홀로 포도주를 들이켜고 있는 사내가 있었다.

고급스러워 보이는 검은 깃털 모자와 정말 뱀이 아닐까 생각될 정도로 생동감 있게 제작된 갈색 허리띠까지.

범인이 틀림없었다.

'아직.'

하지만 섣불리 움직이지 않았다.

상대가 범인이라는 건 오직 정훈만이 알고 있는 사실이다.

먼저 움직였다간 되레 오해를 살 수 있다.

장내 모두가 녀석이 범인이라는 것을 알 수 있도록 행동하게 만들어야만 했다.

혹시 있을지 모를 사태를 대비하기 위해 가장 빠른 속도를 낼 수 있는 전령의 신 세트를 착용했다.

태연하게 주변을 어슬렁거리면서도 모든 신경을 사내에게 집중했다.

"정훈 경."

경. 정훈을 그리 높여 부르는 사람은 장내에 한 사람뿐이었다.

"티벌트 경."

줄리엣의 호위 자리를 놓고 다툰 바 있었던 철의 기사 티벌트. 그가 정훈을 향해 접근하고 있었다.

패배 이후 티벌트는 정훈에게 극존칭을 쓰며 대우해 줬다.

물론 그래야만 패배한 본인의 꼴이 우습게 되지 않는 것도

있겠지만, 사실은 강자를 존경하는 평상시 그의 심성이 반영
된 것이었다.

"경이 이곳엔 어쩐 일입니까? 북쪽 문의 수비를 맡고 있어
야 하지 않습니까?"

티벌트의 입장에선 정훈은 결코 이곳에 있으면 안 되는 사
람이었다.

적의 대규모 침입 경로인 북쪽 문의 수비는 오직 정훈만이
담당하고 있었기 때문이다.

"이제 신경 쓸 필요 없습니다."

"신경 쓸 필요 없다니. 그게 무슨 말입니까?"

"말 그대로입니다. 몬태규가 병력을 싸그리 쓸어버렸으니
더는 신경 쓸 필요 없다는 말입니다."

무덤덤하게 내뱉었지만, 그 내용은 충격적이었다.

"그, 그럼 아까 그 굉음이……?"

자리를 비울 수 없었지만, 북쪽에서 들린 굉음은 정확히
인지하고 있었다.

하지만 금방 조용해지기에 소규모 적과의 교전인가 했을
뿐이었다.

"정 못 미덥다면 북쪽 문으로 가 보시죠. 그곳에 적의 시
체가 널려 있을 테니."

"아, 아닙니다. 경이 그렇다면 그런 거겠지요. 그럼 전 이
일을 캐풀렛 공에게 알리겠습니다."

"아뇨. 아직 적은 남아 있습니다."

막 뒤돌아서려던 티벌트를 제지했다.

"적을 섬멸했다 하지 않았습니까?"

"몬태규가는 해결했지만 아직 다른 적이 남아 있습니다."

"다른 적? 그게 무슨 말입니까?"

도저히 영문을 알지 못하는 티벌트가 재차 물으려는 그 순간이었다.

"움직이는군요."

툭 내뱉듯이 말한 정훈이 그 자리에서 사라졌다.

의지가 닿은 그 순간 그의 육신은 반응했고, 한곳을 향해 쏘아져 나갔다.

"죽어라, 패리스!"

일갈한 범인이 패리스를 향해 쇄도하고 있었다.

그 누구도 예상하지 못한 돌발적인 상황. 아니, 한 명만은 예외였다.

"누구 마음대로!"

미리 상황을 예측하고 있었던 정훈.

어느새 패리스의 앞을 막아선 그가 지팡이, 케리케이온을 휘둘렀다.

빠캉!

이 지팡이와 충돌한 범인의 단검은 수수깡처럼 부러졌다.

"크흑!"

손아귀가 찢어지는 고통에 신음을 내뱉었다.

주춤주춤 뒤로 물러나는 그의 눈동자가 커졌다.

설마 훼방꾼이 있을 거라곤 생각도 하지 못한 것이었다.

'실패다.'

임무에 실패한 순간에 따라야 할 절대 규칙. 그건 자살이었다.

항시 혀끝에 숨겨 두고 있었던 독약을 머금기 위해 이에 힘을 주었다.

"그렇겐 안 되지."

하지만 그마저도 파악하고 있던 터다.

일직선으로 뻗은 정훈의 주먹이 범인의 안면을 강타했다.

뻐억!

가볍게 날린 잽에 실린 위력은 사내의 코뼈와 이를 모두 부러뜨렸다.

그것이 끝이 아니었다.

상대의 입안으로 파고든 손이 정확히 독약만을 끄집어내었다.

상대의 자살 시도를 막았으나 거기서 멈추지 않았다.

정확히 네 번 내지른 정훈의 주먹이 팔과 다리 네 곳의 관절을 두드렸다.

"크악!"

어떠한 시도도 하지 못하도록 이를 부러뜨린 건 물론 손과

발도 부러뜨려 버린 것이다.

"이게 무슨 소란이냐!"

지금까지 손님들을 상대하고 있었던 캐플렛 공이 병력을 대동한 채 나타났다.

물론 그의 옆에는 티벌트도 함께였다.

"패리스 백작을 살해하려는 범인을 잡았습니다."

범인은 패리스를 노렸고, 정훈은 이를 제압했다.

상황은 너무도 명백했다.

"놈, 몬태규가의 사주렷다!"

당연히 장내 모두가 몬태규가의 사주로 여겼다. 하지만 정훈만큼은 의견이 달랐다.

"녀석에게 사주를 내린 건 몬태규가가 아닙니다."

단언하는 그의 말에 모두 이목이 쏠린다.

"그, 그럼 누구의 소행이란 말인가?"

정훈은 캐플렛 공의 물음에 잠시 뜸을 들였다.

이내 그의 입술이 열렸다.

"패리스 백작의 아비, 베로나 후작의 소행입니다."

충격적인 말이 장내에 울려 퍼졌다.

"베로나 영주님이?"

"이게 무슨 소리야? 영주님이 왜?"

정훈의 한마디에 장내가 술렁였다.

몬태규가 아닌 베로나 영주의 소행이라니.

전혀 생각지 못했던 인물이 수면 위로 떠오른 것이다.

"무슨 말도 안 되는 소릴. 감히 누구 앞이라고 거짓을 고하느냐!"

미심쩍어하는 사람들 사이, 이 모든 것을 부정하는 건 패리스 백작이었다.

조금 전까지만 해도 암살의 위험으로 떨고만 있던 그는 분노로 일그러진 얼굴로 씩씩거렸다.

"나를…… 아버님이 자식을 죽이라 명령이라도 했단 말이냐!"

그제야 영주의 성정을 떠올린 이들이 미미하게 고개를 저었다.

유약하고 사람 좋기로 소문이 자자한 이가 바로 베로나 후작이었다. 특히 아들을 끔찍이 여기는 것으로 알려진 그가 음모의 배후에 있을 거라는 생각이 들지 않았다.

"그렇습니다."

하지만 분노한 패리스 백작의 말에도 뜻을 굽히지 않았다.

"네놈이!"

"진정하시오, 패리스 백작."

그 분노의 방패막이가 된 건 캐퓰렛 공이었다.

흥분으로 주체하지 못하는 패리스를 만류한 그가 정훈을 돌아봤다.

"내 그대를 중히 여긴다곤 하나 귀족을 함부로 모함하는 일은 그냥 넘어갈 수 없네. 이 사안이 얼마나 중한 것인지 알고는 있는 건가?"

과연 가문의 수장답게 냉철하게 상황을 주지시켰다.

"물론입니다."

"흠, 그 대답은 조금 전 한 그 말을 뒤집을 의사가 없다고 받아들여도 되는 거겠지?"

"그렇습니다. 이 잔 베로나 후작이 보낸 암살자가 확실합니다."

이미 모든 사실을 파악하고 있는 정훈에겐 꿀릴 게 없었다.

"그렇다면 증거는?"

지금 상황에서 밝혀진 건 패리스 백작을 암살하려 했다는 것 하나였다.

누가 사주했는지에 관해선 모두가 납득할 만한 증거가 필요했다.

"증거라면 여기 있지 않습니까."

암살을 시도했던 사내. 전신을 제압당한 그의 목덜미를 잡아 캐풀렛 공 앞으로 패대기쳤다.

"심문을 원하는 건가? 하나 이자가 진실을 말할 가능성이 높지 않다. 도리어 함정에 빠뜨리기 위한 거짓 정보를 발설할 가능성이 더 높지. 이자의 말을 신뢰하는 건 어리석은 일이다."

일반인이라면 모를까 훈련된 암살자를 심문해 얻을 수 있는 건 거짓으로 점철된 정보뿐이었다.

참고는 할 수 있겠으나 그 말을 신뢰했다간 자칫 함정에 빠질 우려가 있었다.

"그럼 진실만을 말하게 하면 해결되겠군요."

"그게 무슨……."

말도 안 되는 소리냐.

하지만 그 말은 미처 내뱉지 못한 채 삼켜야만 했다.

"저명하신 분들이시니 이걸 모르진 않겠죠."

정훈이 꺼내 든 건 사과였다.

다만 일반적으로 볼 수 있는 빨간 게 아닌 흰색과 검은색 줄무늬가 그어져 있는 독특한 것이었다.

"선악과!"

정훈의 말과는 달리 대다수가 그 과일의 정체를 알지 못했다.

워낙 귀한 것이었기 때문인데, 그중 안목이 높은 캐퓰렛 공과 후작가에서 자라온 패리스 만큼은 확실히 정체를 알고 있었다.

"그 귀한 것을 어찌 그대가?"

놀람 이후 이어진 것은 의문이었다.

귀족도 아닌 가문 신입에 불과한 그가 어떻게 이것을 얻을 수 있단 말인가.

"어떻게 얻었는지는 중요한 게 아닙니다."

의문에 대한 답은 없었다.

다만 쓰러진 사내를 일으켜 선악과를 먹일 뿐이었다.

"우욱!"

단단한 과육 상태의 선악과를 그대로 욱여넣었으니 고통스러울 만도 했다.

물론 정훈에겐 적에 대한 인정을 베풀 마음이 전혀 없었다.

입 밖으로 나오는 잔여물까지 모두 입에 넣은 후에야 그의 행동이 멈췄다.

이제는 지켜보는 일만 남은 셈이다.

모두가 사내를 주시했다.

그렇게 얼마나 지났을까. 암살자에게 급격한 변화가 나타났다.

"흐그흑. 내, 내가 이런 짓을 벌이다니. 모두 내 잘못이야. 난 죽어도 싼 놈이야."

줄곧 고통에 일그러진 표정만을 고수하던 암살자가 돌연 닭똥 같은 눈물을 흘리기 시작한 것이다.

'제대로 먹혔군.'

효과를 의심하진 않았다.

그도 그럴 게 선악과는 무려 전설급 소비 용품이다.

그 효과는 쓰이는 용도에 따라 다르긴 하나 지금 같은 경우는 자백제의 역할을 한다.

선악과가 지닌 두 가지 성향 중 정훈이 선택한 선을 복용한 그는 거짓을 말하지 못하는 상태가 된 것.

"지금이라도 늦지 않았다. 네 죄를 알고 있다면 이 일의 배후가 누구인지 상세하게 말해라."

정훈이 말이 끝나기가 무섭게 그가 말문을 열었다.

"흑, 그건 베로나 후작입니다. 전 그저 그의 밀명을 받고 패리스 백작을 암살하기 위해 식장에 숨어든 것입니다. 정말입니다."

그는 마치 준비하고 있었던 것처럼 핵심만을 정확하게 말했다.

"거짓, 거짓말이다. 아버지가 왜 나를 죽이려 한단 말이냐."

패리스 백작.

그는 분명 선악과의 효과를 알고 있으면서도 여전히 현 상황을 부정하고 있었다.

엄한 소리 한 번 없이 애지중지 키워 준 아버지가 살인을 명했다니.

믿을 수 없는 게 당연한 일이었다.

"후우, 사실 영지 내의 평판과는 다르게 베로나 후작은 매우 음험한 자입니다. 약물을 이용한 인체 실험을 통해 괴물 사병을 육성하며 이곳 영지를 자신의 제국 초석으로 삼기 위해 호시탐탐 기회를 노리고 있었습니다."

어느 정도 감정을 추스른 그가 거침없이 쏟아냈다.

그 내용은 쉽게 믿을 수 없는, 경악할 만한 것이었다.

"이 계획에서 가장 골칫거리는 캐풀렛과 몬태규가였습니다. 아무래도 막강한 병력을 보유한 두 가문이 버티고 있는 이상 영지를 쉽게 지배할 수 없기 때문이죠. 그래서 이들을 압도할 만한 병력을 양성하는 한편 은연중 둘의 싸움을 부추겨 경쟁을 과열시켰습니다. 그간 일어난 분쟁의 원인은 베로나 후작의 소행이라 봐도 무방할 겁니다."

겉으론 중립인 척하며 분쟁을 원하지 않는 모양새를 취했으나 사실 모든 갈등의 원인은 베로나 후작으로부터 시작되었다.

"그럼 날 죽이려 했던 건……."

"네. 어떤 식으로든지 패리스 백작의 죽음과 결부시켜 죄를 물을 생각이었던 겁니다."

몬태규가에는 암살의 책임을, 그리고 캐풀렛가에는 그를 보호하지 못한 죄를 물어 명분을 얻으려고 했던 것.

"그럴 수가. 아, 아버님이……."

마침내 모든 전황이 드러났다.

일반적인 자백이었다면 믿지 않았겠으나 선악과로 인한 자백, 그것도 암살하려 했던 당사자의 말이었으니 믿지 않을 도리가 없었다.

"내 그자를 당장!"

분노한 캐풀렛 공이 당장에라도 뛰어 나갈 것처럼 분노를 표출했다.

"가, 가주님!"

하지만 그보다 한발 앞서 기사 삼손이 다급하게 뛰어왔다.

"삼손 경, 꼴이 어찌하여?"

정훈에 의해 몬태규가의 침입이 저지된 마당이다.

그런데 삼손의 꼴은 생사의 혈투를 펼친 것처럼 말이 아니었다.

갑옷 곳곳이 찌그러진 데다가 핏자국이 군데군데 묻어있다.

갑옷의 보호를 받지 못한 목 부근은 짐승에게 뜯긴 것처럼 패여 붉은 피를 꾸역꾸역 쏟아내고 있었다.

"습격입니다. 사방에서 영지민들이 공격을…… 쿨럭!"

채 말을 끝내지 못한 그가 검붉은 피를 한 사발 토했다.

"괜찮은가?"

그래도 명색이 기사.

상세를 확인하기 위해 캐풀렛 공이 다가가려던 찰나였다.

"멈추십시오."

정훈이 그 앞을 막아섰다.

"이게 무슨 짓인가. 삼손 경의 상세를 살펴야……."

"크하악!"

앞을 막은 정훈을 꾸짖으려던 그 순간, 괴성을 지른 삼손이 달려들었다.

평소의 그보다 더욱 빠른 움직임.

스걱.

하지만 미리 방비하고 있었던 정훈의 화신이 정확하게 그의 머릴 잘라 냈다.

"크하, 크학!"

즉사할 수밖에 없는 치명적인 일격이었지만 바닥을 구르는 머리는 괴성을 지르며, 그 육신은 여전히 움직이고 있었다.

"으, 으악!"

놀란 캐퓰렛 공이 정훈의 뒤에 숨었다.

이곳에서 그의 뒤가 가장 안전하다는 것을 본능적으로 깨달았던 것이다.

자신의 뒤에 선 캐퓰렛 공은 쳐다보지도 않은 채 화신에 마력을 주입했다.

멸망의 불길이 치솟고, 이내 그 불길은 제대로 균형을 잡지 못한 채 비틀거리고 있는 삼손의 육신을 베었다.

화륵.

아무리 생명력이 질기다 해도 흔적조차 남기지 않는 공격에는 도리가 없는 일.

멸망의 불길에 휩싸인 삼손은 그제야 죽음에 이르렀다.

−세 번째 시나리오 종료.

그건 갑작스러운 일이었다. 삼손의 죽음과 함께 시나리오의 종료를 알렸다.

　

－생존 인원 20,751

－활약에 따른 보상 정산 중.

　

'생각보다 많이 살아남았네.'

몬태규가를 전멸에 이르게 했으나 대신 캐퓰렛가의 모든
입문자를 생존시켰다.

정상적으로 퀘스트에 참가해 전투를 벌였다면 적어도 1만
이하의 생존자밖에 남지 않았을 것이다.

'뭐, 이게 끝이 아니지만.'

보통은 여기서 시나리오가 종료되겠지만, 지금은 아니다.

　

－정산 끝.

－활약도 100퍼센트의 경이로운 성적을 보여 준 입문자에게 모든 능
력치 300 상승의 축복과 '보상의 상자(아다만트)'를.

－최초로 제3 시나리오 100퍼센트 활약도 달성. '언령 : 3막의 파괴자'
각인.

> ### 언령 : 3막의 파괴자
> **획득 경로 :** 최초로 제3 시나리오 활약도 100퍼센트 달성
> **각인 능력 :** 모든 능력치 +23, 모든 속성 +23퍼센트, 모든 숙련도 추가
> **상승률 :** +23퍼센트

–추가 시나리오 감지

예상했던 것처럼 끝이 아닌 새로운 시나리오를 알렸다.

퀘스트 : 고립

내용 : 감염자들을 물리치고 주민들을 보호
제한 시간 : 24시간
보호 인원 : 1천 명
성공 보상 : ?
실패 벌칙 : 모든 입문자 소멸

'드디어!'

이 숨겨진 시나리오를 해결하기 위해 여러 번의 시도가 있
었다.

하지만 모두 실패였다.

어떤 경로를 통해서든 성공하는 게 불가능했던 것이다.

그렇지만 지금은 어떤가.

'할 수 있다.'

존에 육박하는 어마어마한 능력치와 불멸급의 아이템이
있으니 문제없다.

"결국 베로나 후작이 일을 벌였군요."

흔적도 없이 사라진 삼손을 바라보고 있던 암살자가 말
했다.

"일을 벌이다니. 그가 무슨 일을 벌였단 말이냐?"

당황한 캐퓰렛 공이 그를 추궁했다.

"아까도 말했지 않습니까. 신체 실험을 통해 괴물 사병을 육성하고 있다고 말입니다."

"그럴 리가! 삼손경이 적의 수하였단 말이냐."

"아닙니다. 베로나 후작의 실험을 통해 탄생한 괴물은 엄청난 전염성의 독을 지니고 있습니다. 그 삼손이란 자도 괴물과의 접촉으로 전염되었을 겁니다."

"전염이라고? 그 짧은 시간에?"

"물리거나 할퀴는 등의 공격을 당했다면 적어도 수 분 내로 감염됩니다. 아마 지금쯤이면 영지 내의 모든 주민이 감염되어 이곳으로 향하고 있을 겁니다."

믿기 어려운 말이었지만, 눈앞에 증거가 있었다.

"그 감염이라는 것이 되면 어떻게 되느냐. 상세하게 말해 보아라."

모두가 망연자실한 가운데, 패리스 백작이 끼어들었다.

"평소보다 더욱 뛰어난 신체 능력을 지니게 되지만, 이성을 잃고 날뛰게 됩니다. 오직 그것을 제어할 수 있는 건 괴물을 탄생시킨 베로나 후작뿐입니다."

"허어!"

그제야 현 상황의 심각성을 깨달은 이들이 탄식을 토해 냈다.

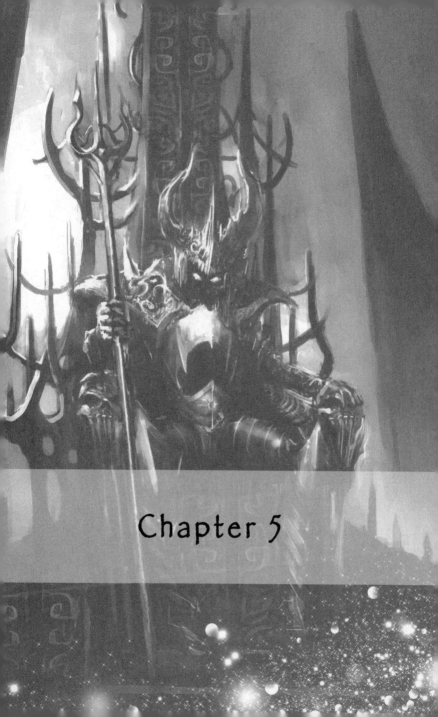

Chapter 5

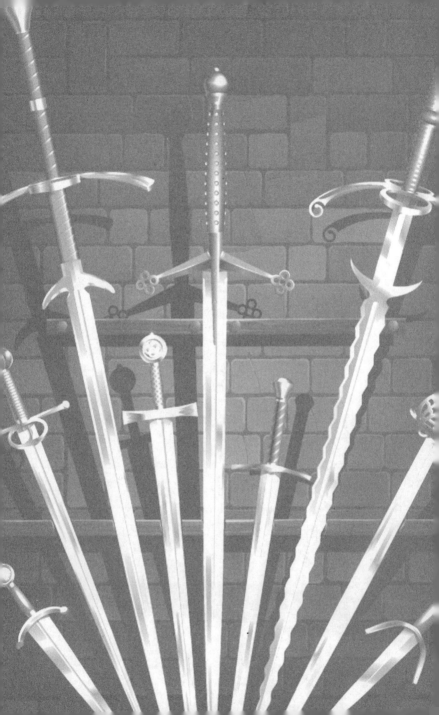

"일단은 상황을 확인해 봐야 할 것 같습니다."

그나마 냉철한 이성을 유지하고 있었던 티벌트가 제안했다.

물론 남에게 시키는 게 아닌, 본인이 직접 움직이겠다는 의미였지만.

"제가 확인해 보죠. 티벌트 경은 이곳에 남아 침입에 대비해 주십시오."

정훈이 만류했다.

'괜히 나가서 죽으면 곤란하니까.'

갑자기 없던 정의감이 생겨난 게 아니었다. 모든 건 더 많은 보상을 위한 것.

이번 시나리오의 경우 캐퓰렛가에 고립된 인원 1천 명을 얼마만큼 생존시키느냐에 따라 보상이 달라진다.

이 때문에 조금은 귀찮더라도 어려운 일, 위험한 일은 모두 본인이 부담할 생각이었다.

"그래. 내 그대라면 믿고 맡길 수 있지. 티벌트 경은 날, 아니, 이곳을 지키도록 하시오."

아무래도 생면부지였던 정훈보다 티벌트에 대한 믿음이 큰 캐퓰렛 공이 명했다.

"명을 따르겠습니다."

명을 거부하지 못한 티벌트가 자리를 지켰고, 그를 대신해 정훈이 움직였다.

"확인을 마칠 때까진 움직이지 마십시오."

"그리하겠네."

단단히 경고한 후 정원을 나왔다.

주변 상황을 한눈에 넣기 위해선 높은 곳이 필요했다.

다리에 힘을 주어 박차 올라 저택의 가장 높은 곳에 올라간 그는 사방에서 캐퓰렛가를 향해 몰려드는 적들을 확인할 수 있었다.

"카학!"

"캬악!"

적어도 수십만이나 되어 보이는 수.

그들 모두의 공통점이라 한다면 기묘하게 꺾여 있는 관절과 눈동자를 가득 채운 흰자위, 그리고 가래가 끓는 듯한 괴성이었다.

'거의 영지민 전체인 것 같은데. 이거 생각했던 것보다 전염 속도가 더 빠르잖아.'

혹시 몰라 기감을 확장해 주변을 살폈지만, 저택을 제외한 그 어느 곳에서도 정상적인 기의 흐름을 지닌 생명을 찾아볼 수 없었다.

그건 즉, 영지 내 모든 주민이 감염되었음을 의미하는 것이다.

'저택이 함락되는 것도 시간문제로군.'

급속도로 늘어난 감염자들로 인해 저택의 수비 병력이 와해되는 것도 시간문제였다.

견고하게 저택 주위를 감싸고 있던 캐풀렛가 일원들의 수비진이 무너지고 있는 게 눈에 들어왔다.

지체할 시간은 없다.

그의 눈이 빠르게 주변을 살폈다.

'역시 가장 뚫기 쉬운 곳은 남쪽.'

언제나 그렇듯 유일한 활로는 남쪽이다.

이제 저곳을 돌파해 24시간의 추격전에서 살아남아야만 한다.

단순히 혼자서만 살아남아선 안 된다.

퀘스트 주체인 정훈은 물론 저택에 고립된 1천 명 중 1명이라도 함께해야 한다.

만약 이 조건을 완수하지 못한다면 베로나 후작의 손에 모든 주민 및 입문자가 소멸하게 될 것이다.

'뭐, 어려운 일은 아니지. 하지만⋯⋯.'

24시간 동안 생존하기. 지금의 정훈에겐 무척 쉬운 일임이 틀림없다.

하지만 그는 고갤 저었다.

도주를 선택하게 된다면 어쩔 수 없는 희생이 발생할 수밖에 없었다.

이동하는 도중 1천 명이나 되는 인원을 하나하나 돌봐 주기 힘들기 때문.

어떻게든 최고의 보상을 받으려는 정훈에겐 최악의 수인 셈이다.

'조금 어렵더라도 최고 보상의 길을 간다.'

도주 이외의 방법이라 한다면 전염된 모든 주민을 말살하고 흑막의 주인공인 베로나 후작을 처치하는 것이다.

불가능해 보이나 만약 그렇게만 할 수 있다면 책정된 보상보다 더욱 많은 것을 있을 테니.

결심을 굳힌 그의 눈이 주변 감염자들에게서 저택으로 향했다.

단단히 일러 뒀으니 경거망동하진 않을 터.

기회가 있다면 바로 지금이었다.

기존 전령의 신 세트를 보관함에 넣고 새로운 무장을 착용했다.

중앙에 붉은색 보석이 박힌 뿔이 달린 황금 투구, 번쩍이는 비단과 사슬로 연결된 갑옷이 전신을 감쌌다.

오른손에는 어둠을 살라 먹는 창 브류나크가, 왼손에는 광명의 검 프라가라흐가 함께했다.

죽은 자들의 세계에서 얻은 보상을 통해 마침내 완성하게 된 '루 라바다' 세트였다.

투구, 갑옷, 검, 그리고 창.

이렇게 4개로 이루어진 루 라바다는 광명의 신 루의 무구로 모든 세트가 모이게 되면 특별한 권능을 발휘할 수 있다. 바로 지금처럼.

화악.

백색 서광이 정훈을 중심으로 넓게 뻗어 나갔다.

아군에게는 회복과 용기의 기운을, 적에게는 열기의 고통을 선사하는 광명의 오라였다.

"카흐학!"

빛에 닿은 감염자들의 몸에서 불길이 일었다.

소멸에 이를 정도는 아니었지만, 모든 감각을 읽은 감염자들이 비명을 지르는 특이한 현상이 벌어지고 있었다.

'감염은 흑마법에 의한 것. 광명 속성엔 쥐약이거든.'

감염의 원인을 알고 있었던 정훈은 이러한 현상을 예상하고 있었다.

다른 모든 이들, 심지어 충직한 수하였던 암살자 또한 모르는 사실이었다.

이 감염이라는 건 겉으론 약물에 의한 것으로 보이나 사실 그 근본적 원인엔 흑마법이 있었다.

그렇기에 굳이 루 라바다 세트를 착용한 것이다.

어둠 속성을 지닌 적에게 광명 속성은 그야말로 상극이었으니까.

'수는 대략 삼십만.'

기감을 통해 대략적인 감염자의 숫자를 파악했다.

이미 모든 감염자를 처리할 마음을 먹었으면서도 저택 꼭대기에서 단 한 발자국도 움직이지 않는다.

다만 몸 안에 소용돌이치는 방대한 마력을 발산할 뿐이었다.

그냥 방출이 아니었다.

모든 마력을 쥐어짜 광명의 오라 속에 흘려보낸 것이다.

고오오.

그 마력의 영향으로 대기가 떨렸다.

반구형으로 뻗어 나가던 오라가 흰색에서 찬란한 황금빛으로 변했다.

푸스스.

결과는 놀라웠다.

오라에 노출된 감염자들은 불타오르는 것으로도 모자라

순식간에 한 줌의 재로 화했다.

그 수는 한둘이 아니었다.

방대하게 영역을 확장해가고 있는 오라에 닿은 모든 감염자가 소멸했다.

"꾹꾹!"

이성을 잃은 그들에게도 공포란 감정이 남아 있었던 걸까.

어떻게든 오라의 영향 범위에서 벗어나기 위해 도주를 감행했다.

그런데 그게 쉬운 일이 아니었다.

워낙 많은 인원이 밀집되어 있었던 탓에 도망치는 길이 막혀 있었던 것.

일시적인 정체로, 시간이 해결해 줄 문제였으나 이를 내버려 둘 정훈이 아니었다.

"하압!"

응축시켜 놓은 기를 순간적으로 방출시켰다.

이에 호응하여 영역을 확장하는 황금빛 오라의 속도가 폭발적으로 상승해 감염자들을 덮쳤다.

마치 폭발이 일어난 듯 반구형의 오라가 휩쓸고 난 자리에 감염자는 존재하지 않았다.

오직 그 흔적을 알려 주는 하얀 재만이 남아 있었고, 괴성으로 가득 차 있던 장내는 정적만이 감돌았다.

고작 눈 한 번 깜짝한 짧은 순간 수십만의 감염자들이 모두 소멸에 이른 것이다.

'후우, 이것으로 잔챙이 처리는 끝.'

가만히 선 채로 수만의 감염자 군대를 물리쳤지만, 그 영향은 고작 숨을 한 번 돌리는 것에 지나지 않았다.

엄청난 일을 벌였으면서도 담담하기 그지없었다.

아직 본 게임은 시작도 안 했다는 사실을 알고 있었던 탓이다.

그의 시선이 먼 곳을 향했다.

절그럭, 절그럭-.

그리고 잠시 후, 쇳소리로 인해 정적이 깨어졌다.

분명 조금 전까진 없었으나 유령처럼 홀연히 장내에 모습을 드러낸 무리.

온통 검게 칠해진 무장의 그들은…….

'유령 기사.'

너무도 익숙한 모습이다.

어찌 잊을 수 있겠는가.

한때 그에게 악몽을 선사해 주었던 후작의 정예 병력. 일명 유령 기사라 불리는 이들을 말이다.

'저것들 때문에 모든 시도가 수포로 돌아갔지.'

감염자들의 포위망을 뚫는 그 순간부터 시작되는 추격은 집요함 그 자체였다.

언제 어디서든 나타나 남은 생존자들을 추살한다.

심지어 정훈도 그들의 추격을 따돌리지 못한 채 수십 번의 죽음을 맞이해야만 했다.

'이제는 네놈들 차례다.'

게임 속에선 절대 맞설 수 없는 상대로 여겼다.

하지만 지금은 모든 상황이 달라졌다.

적어도 이곳, 3막에서 정훈을 가로막을 존재는 없었다.

"안바르, 빛의 갈기를 가진 나의 말이여."

황금 뿔 투구에서 뿜어져 나온 빛이 정훈의 발끝에 닿았고, 그것은 곧 하나의 형상을 만들었다.

히히힝.

빛나는 황금 갈기를 뿜내는 빛의 말 안바르. 광명의 신 루의 애마이기도 한 명마가 모습을 드러냈다.

빛살과도 같은 속도를 자랑하며 또한 어떤 공격에도 영향을 받지 않는 마법의 말.

그뿐인가.

안바르에 탑승한 이는 모든 능력치 350퍼센트의 보너스를 받는 것은 물론 죽음 속성을 지닌 적에게 치명적인 피해만을 준다.

"가자!"

정훈의 명령에 앞발을 힘차게 들어 보인 안바르가 질주를 시작했다.

슈욱.

아니, 그건 질주라고 표현할 수 없는, 공간의 도약이었다.

과연 빛의 말. 빛과도 같이 순식간에 거리를 좁힌 안바르로 인해 유령 기사를 목전에 둘 수 있었다.

"핫!"

눈앞의 적들을 향해 브류나크를 힘껏 내뻗었다.

쿵!

결코 빗나가는 일이 없던 그의 일격이 허무하게 지면을 강타했다.

놀랍게도 열을 맞춰 서 있던 유령 기사 100명 모두가 눈앞에서 사라진 탓이었다.

'나왔군.'

유령의 행군. 유령 기사가 지닌 능력 중 하나다.

이 특별한 마법 힘을 부여받은 그들은 자유자재로 존재를 감출 수 있었다.

어떠한 탐지 마법, 그리고 감각에도 잡히지 않는 절대적인 은닉.

'아니, 이젠 절대라는 말은 빼야지.'

그를 악몽에 빠뜨렸던 기이한 능력. 게임 속에선 대책 없이 당했지만, 지금은 그 대안이 마련되어 있었다.

"광명의 검이여, 네 의지에 따라 적을 베어라."

왼손에 쥐고 있던 프라가라흐를 공중에 날려 보내자 마치 의지를 지닌 것처럼 한 곳으로 날아가 그곳을 베었다.

카앙!

그곳에 숨어 있었던 유령 기사가 칠흑의 검을 들어 공격을 막아 내었다.

그와 함께 주변 다른 유령 기사들 또한 모습이 나타났다.

유령의 행군 중 누구 하나라도 정신 집중이 깨어지면 모습이 나타날 수밖에 없다.

정훈은 이러한 단점을 정확히 꿰고 있었고, 절대적인 명령으로 움직이는 프라가라흐의 능력을 이용해 숨어 있는 그들을 찾아낸 것이다.

"세계를 비추는 한 줄기 빛."

브류나크를 하늘 높이 치켜들자 창끝에서 뻗어 나간 한 줄기 섬광이 창공을 뚫었다.

그러자 놀라운 광경이 펼쳐졌다.

하늘을 가리고 있던 구름이 물러서듯 흩어지고, 그 사이로 따사로운 햇살이 지상을 비추었다.

그건 일반적으로 생각할 수 있는 햇살의 차원을 넘어서는 강렬한 빛이었다.

마치 돋보기로 빛을 한 점에 모은 것과 같다고 할까.

치이익.

그 엄청난 열기는 유령 기사가 걸친 흑색 갑옷을 녹아내리게 했다.

하지만 그 흔한 비명조차 없다.

당연한 일이었다.

갑옷 안을 채우고 있는 건 살아 있는 생명체가 아닌 흑마
법으로 탄생한 원혼의 집합체였기 때문이다.

루의 권능을 사용한 것 또한 이들에게 직접적인 타격을 주
기 위함이 아니었다.

지속해서 광명에 노출해 전력을 약화함과 동시에 유령의
걸음을 봉쇄하기 위함이었다.

'판은 모두 마련되었다.'

자신이 원하던 그림을 모두 그렸다.

이제 남은 건 약해질 만큼 약해진 적을 쓰러뜨리는 것.

"빛이 나와 함께하리라."

광명의 신 루의 가호를 몸에 둘렀다.

정훈의 몸 주변을 둘러싼 빛의 보호막은 어둠 속성의 공격
으로부터 그를 안전하게 보호할 것이다.

히힝!

달려라. 정훈의 의지를 잃은 안바르가 콧김을 내뿜었다.

빛의 속도로 달려간 정훈의 브류나크가 유령 기사 하나를
꿰뚫었다.

스스스.

꿰뚫린 갑옷의 틈새 사이로 검은 안개와 같은 것이 흘러나
왔다.

뭔가 있는 건가.

처음으로 유령 기사를 쓰러뜨린 것이기에 미심쩍어하며 얼른 창을 회수한 후 몸을 뒤로 뺐다.

공기가 빠지듯 빠른 속도로 새어 나온 그것은 이내 다른 유령 기사의 갑옷 사이로 스며들었다.

'이거 또 뭔가 있네.'

조금 전보다 더욱 강력해진 유령 기사의 어둠.

일방적인 승리를 낙관하고 있었던 정훈은 조금 불안한 기분에 휩싸였다.

왜 슬픈 예감은 틀린 적이 없나.

정훈의 불길한 예감 또한 빗나가는 일이 없었다.

막강한 정훈의 유령 기사들 하나둘 쓰러뜨렸다.

그리고 그는 불길한 예감의 정체가 무엇인지 알 수 있었다.

'수가 줄어들수록 더 강해지고 있어.'

전투가 불가능할 정도의 치명타를 입은 유령 기사들은 검은 안개와 같은 기운으로 흩어져 남은 기사들에게 흡수되었고, 이 기운을 흡수한 유령 기사는 눈에 띌 정도로 강력해졌다.

얼마만큼 강해진 건지 수치화할 순 없었지만, 적어도 2명이 있을 때보다 기운을 흡수한 1명이 더 강하다는 것쯤은 구분할 수 있었다.

'이러다가 모든 기운을 흡수한 녀석이 나온다면……'

괴물이 탄생할 것이다. 지금 정훈의 힘으로도 감당이 되지 않는 괴물이.

생각이 어지러워지자 전투는 소극적으로 변할 수밖에 없었다.

그는 방어와 회피로 시간을 벌며 고심에 잠겼다.

하지만 생각보다 고민의 시간은 길지 않았다.

'한 번에 다 처리한다.'

남은 기운을 흡수할 수 없도록 95명의 유령 기사 모두를 한 번에 처리하면 되는 것이다.

그 답은 실로 명쾌하기 그지없었다.

물론 그럴 만한 능력이 있는 자만이 도달할 수 있는 제한적인 답안이었으나 정훈이라면 가능했다.

"빛이여."

브류나크는 빛으로 이루어진 창.

주인의 의지에 따라 모양을 변형시킬 수 있다.

정훈이 원한 건 채찍이었다.

눈앞에 있는 유령 기사 95명을 모두 묶을 수 있을 정도의 긴 채찍.

마침내 완성된 빛의 채찍을 힘을 주어 휘둘렀다.

쐐액.

하지만 바람 소리만 요란할 뿐, 정작 그 공격은 전혀 엉뚱한 곳을 향했다.

적의 실수는 곧 기회다.

유령 기사들이 네모난 진열을 유지한 채 정훈을 향해 다가

가는 중이었다.

적이 아닌 채찍이 뻗어 나간 거리를 가늠하던 정훈은 손목에 스냅을 이용해 방향을 틀었다.

일직선으로만 날아가던 채찍의 끝이 큰 원을 그리며 다시 정훈의 손으로 돌아왔다.

채찍의 손잡이와 끝을 양손으로 단단히 틀어쥔 그는 권능을 이용해 길이를 줄였고, 영향 범위 내에 있던 유령 기사들의 몸을 묶었다.

만약 대열을 유지하지 않은 채 서로 떨어져 있었다면 불가능했을 일이었다.

'어쩌면 이게 유일한 공략 방법일지도.'

반드시 빠져나갈 구멍은 있다.

그것이 10년간 게임 세상을 헤매며 얻은 결론이다.

그리고 그것은 지금도 마찬가지였다.

"나의 빛이 세상을 비추니."

줄곧 유령 기사를 괴롭히던 프라가라흐가 황금빛 궤적을 그리며 하늘 높이 솟구쳤다.

"어둠이 설 자리는 그 어느 곳에도 없더라."

시동어와 함께 하늘을 향해 주먹을 펴고 있던 정훈이 꽉 쥐는 시늉을 해 보였다.

파팡.

그러자 폭죽이 터지듯 요란한 폭발음이 먼 곳에서 아련히 들려왔다.

콰콰콰.

폭포에서 물이 떨어지듯 짙은 황금빛 색채의 광선이 유령 기사들의 머리 위에서부터 떨어졌다.

그리 빠른 속도는 아니었다.

하지만 채찍으로 형상을 변화한 브류나크로 인해 옴짝달싹할 수 없는 유령 기사들은 멍하니 그 광경을 바라만 볼 수밖에 없었다.

루의 시선.

루 라바다 세트를 모두 소지하고 있는 상태에서 프라가라흐를 영구히 파괴해 얻을 수 있는 최강의 권능.

성물급 무기를 제물로 바쳐야 할 정도였기에 그 위력은 상상을 초월한다.

특히 그 대상이 어둠 속성의 존재라면 말할 것도 없다.

태양 광선에 노출된 유령 기사들의 갑옷이 아이스크림처럼 녹아내렸다.

그리고 정체를 드러낸 검은 안개와 같은 기운은 흑마법으로 탄생한 원혼의 집합체였다.

이 상태에서는 웬만한 물리, 마법 공격엔 아무런 타격을 입지 않지만, 광명 속성을 지닌 태양 광선만큼은 예외였다.

마치 빛에 나타나자 사라지는 그늘처럼 빠르게 자취를 감추었다.

과연 예상처럼 모든 기운을 흡수한 최종 병기는 나타나지 않았다.

한 번에 모두 처치하는 게 답안이었던 것.

'성물급 무기 하나면 싸게 먹혔네.'

비록 성물급 무기, 그것도 루 라바다의 세트 중 하나인 프라가라흐가 파괴되었지만 상관없었다.

그에겐 똑같은 무기 세 자루가 남아 있었기 때문이다.

그렇지 않았다면 이토록 쉽게 무기를 제물로 격을 사용하진 않았을 것이다.

'유령 기사도 해결됐고, 남은 건 베로나 후작뿐인가.'

지금껏 한 번도 겪어 보지 못했던 미지의 적.

한 가지 추측할 수 있는 건 굉장한 마력을 지닌 흑마법사라는 점이었다.

일전에 상대했던 흑야와는 비교할 수 없는 강력한 권능을 지니고 있을 터였다.

일반적인 마법과는 궤를 달리하는 흑마법이다.

당연히 상대하기 까다로울 수밖에 없지만, 정훈은 전혀 걱정하는 눈치가 아니었다.

'이것만 있으면…….'

소중한 보물을 쥐듯 손에 꼭 쥐고 있는 것.

황금색으로 코팅된 유리병엔 작은 날개 문양이 장식되어 있었다.

'설마 이걸 손에 넣었을 줄은 몰랐는데 말이야.'

세 번의 시나리오를 거치며 수많은 보상을 획득했다.

그중에서 가장 신경 쓸 수밖에 없었던 건 무구다.

당연히 다른 기타 용품들은 그저 방치되어 있었고, 이것 또한 뒤늦게야 발견한 것이었다.

이게 있는 이상 아무리 대단한 흑마법사라 해도 문제없다.

'일단은 캐풀렛가부터.'

당장 영주성으로 달려가고 싶은 마음이 굴뚝같았지만, 캐풀렛가에 상황을 전달하는 게 우선이었다.

❖

캐풀렛가에 상황을 전달한 정훈은 곧장 그곳을 나와 영주성으로 달려가고 있었다.

'쓸데없이 시간을 허비했어.'

지금 그의 마음은 짜증으로 가득 차 있었다.

아버지를 찾아가 사정을 듣겠다는 패리스 백작을 설득하느라 예상보다 훨씬 많은 시간을 소모한 탓이었다.

만약 이번 퀘스트가 그들을 살리는 게 아니었다면 죽든 말든 상관하지 않았겠지만, 단 한 명의 사상자도 낼 수 없었던 정훈으로썬 설득에 진땀을 빼야만 했다.

거짓과 협박 등을 적절히 활용해 가며 겨우 그들을 저택에 묶어 놓을 수 있었다.

서쪽 끝의 캐풀렛가에서 북쪽 끝의 영주성까지는 꽤 거리가 있는 편이다.

물론 예전에도 10분이면 이동할 수 있었지만, 괄목상대할 만한 능력치 성장으로 인해 그 시간은 3분으로 단축되었다.

그야말로 공간을 접은 것처럼 빠르게 이동한 그는 어느새 거대한 영주성을 눈앞에 둘 수 있었다.

아무리 자신감이 넘치는 정훈이라 해도 적의 소굴에 들어가면서 아무런 준비도 하진 않을 수 없다.

보관함에서 꺼낸 건 사람 눈 모양이 양각된 수정구였다.

"내 눈앞에 모든 것이 펼쳐지리라."

전설급 보조 아이템 마법사의 눈.

이 수정구를 쥔 채 시동어를 외치면 근방 1킬로미터 내에 있는 모든 마법적인 요소를 발견할 수 있다.

혹 성안에 설치되어 있을지 모를 각종 함정을 간파해 내기 위한 것이었다.

하지만…….

'없어?'

느껴지는 게 아무것도 없었다.

몇몇 수상한 기운이 감지되긴 했으나 방 한쪽 구석에 위치해 있어 함정이라고 보긴 어려웠다.

'이건 또 뭔 자신감이지?'

확실하게 느껴지는 것 하나는 강렬한 죽음의 기운을 발산해내고 있는 하나의 존재였다.

당연히 그 정체는 베로나 후작일 것이다.

이미 가면이 벗겨진 마당이니 상관이 없다는 것일까.

혹시 몰라 다시 한 번 마법사의 눈과 기감으로 성 곳곳을 살폈지만, 결과는 마찬가지였다.

어떠한 함정도, 그리고 후작을 제외한 적은 존재하지 않았다.

─무엇 때문에 그리 겁을 먹고 있는 겐가. 자네를 위한 자리를 마련했으니 어서 들어오게.

귓가에 대고 속삭이는 것처럼 아련히 울려 퍼지는 음성.

베로나 후작이 의지를 전해 온 것이었다.

'함정이 없다면 나야 좋지.'

과한 자신감의 발로였다.

굳이 수비의 이점을 버리겠다면 환영하는 바였다. 의심을 지운 정훈이 성안으로 발을 들였다.

내부 구조는 익숙했다.

황금병을 대신해 경비병의 임무를 보는 동안 수없이 들락날락했던 덕분이었다.

나 여기 있다고 줄기줄기 기운을 발산하고 있는 베로나 후작을 향해 나아갔다.

마침내 도착한 곳은 넓은 홀이었다.

지면을 장식하고 있는 건 푹신한 붉은 카펫과 곳곳에 마련 되어 있는 식탁.

중요한 행사가 있을 때마다 사용되는 연회장이었다.

정훈의 시선이 위를 향했다.

높은 턱이 마련된 상석에 유일하게 마련된 의자에 몸을 파 묻고 있는 사내가 보였다.

온통 검은색으로 칠해진 예식복장.

부드러워 보이는 인상과 달리 얼굴 가득한 잔주름이 어쩐 지 삶에 지쳐 보이는 듯한 분위기를 자아내는 중년의 사내.

그가 바로 모든 흑막의 주인공인 베로나 후작이었다.

"그대로군. 수십 년에 걸친 내 계획을 망친 장본인이."

정훈으로 인해 모든 계획이 망가졌다.

당연히 분노해야 마땅하나 정작 베로나 후작에게선 어떠 한 감정의 기색도 읽을 수 없었다.

"왜 이런 일을 벌인 거지?"

단도직입적으로 물어 왔다.

그건 일반적인 궁금함이 아니었다.

이 세계에서의 정보란 여러 가지 의미로 중요한 것.

한 번도 겪어 보지 못한 후작의 음모 배경을 파악해 두려 는 것이었다.

"이유라……. 사랑하는 한 사람을 살리기 위한 것이라면 설명이 될까?"

당연히 그래야 할 것처럼, 마치 뭐에 씐 것처럼 그의 넋두리가 시작되었다.

베로나 후작에겐 사랑하는 아내가 있었다.

시리 베로나. 가문의 시녀 출신으로 격렬한 반대 끝에 기어코 쟁취해 낸 사랑.

하지만 그 행복은 고작 2년밖에 가지 못했다.

원체 몸이 약했던 그녀는 출산의 과정을 이겨 내지 못한 채 숨을 거두고 말았다.

아이를 낳으면 죽을 것을 알면서도 선택한 것이었다.

슬펐지만, 사랑하는 이가 바란 아이 패리스였다.

그녀가 바란 것처럼 아이를 사랑으로 보듬기로 다짐했다.

오직 아이만을 바라보며, 또 떠나간 사랑을 그리며 살아가던 어느 날.

그는 결코 알아서는 안 될 비밀을 알게 되었다.

붉게 물든 달이 떠오른 밤.

그날따라 유난히 목이 말랐던 그는 야심한 밤에 새어 나오는 희미한 빛을 발견할 수 있었다.

그 빛의 정체는 그의 동생 알폰스 베로나 부부의 방에서 나오는 것이었다.

실수로 문을 열어 둔 것일까.

그곳을 지나쳐 물을 마시러 가려던 그는 발을 멈출 수밖에 없었다. 방 안에서 들려온 '시리'라는 단어 하나 때문이었다.

평소 그녀를 탐탁지 않게 여기던 그들이 또 무슨 험담을 하려는 게 아닌지 귀를 기울였고, 거기서 충격적인 비밀을 들을 수 있었다.

시리.

그녀의 죽음에 직접적인 영향을 준 게 바로 동생 부부라는 사실이었다.

가문의 전속 요리사와 작당한 그들은 그녀의 음식에 미량의 독을 섞었다.

식용으로도 사용되는 미라플이라는 약초인데, 미량을 섭취하면 오히려 건강을 증진시키는 역할을 하지만, 지속적으로 복용하게 되면 체내에 축적되어 오히려 건강을 악화시키는 종류였다.

그렇지 않아도 약했던 육신은 미라플 독에 의해 손쓸 수 없을 정도로 약화되었고, 건강한 사람도 탈진하게 하는 출산을 이겨 내는 건 터무니없는 일이었다.

이유는 간단했다.

시리의 죽음으로 베로나 후작이 자멸하길 바랐던 것이었다.

그렇게 되면 후작위에 봉해지는 건 차남인 자신이 될 테니 말이다.

시리의 죽음을 가지고 태연하게 웃고 떠드는 동생 부부, 아니, 두 남녀의 말에 격렬한 분노가 그의 몸을 지배했다.

곧장 칼을 빼 든 그는 분노에 몸을 맡긴 채 방 안에 있던 동생과 그의 부인을 토막 내어 죽여 버렸다.

혈육을 죽인 후회?

그런 건 없었다. 오히려 복수했다는 쾌감과 사랑하는 이의 죽음에 대한 서글픔만이 남아 있을 뿐.

그리고 다시 한 번 깨달았다. 그녀 없이는 살아갈 수 없다는 것을 말이다.

하지만 이미 그녀는 세상을 떠나고 없다.

죽은 이를 살리는 건 신이 아니고서야 불가능한 일이었다.

세상에 대한 분노와 실의로 술독에 빠져 살던 나날, 우연하게도 그는 자신의 서재에서 흑마법사의 기초 이론이 담긴 책을 발견하게 되었다.

'흑마법을 이용하면 세상의 이치에 역행한 일도 실행하는 게 가능하다.'

마법서 가장 앞면에 쓰여 있던 글귀였다.

세상의 이치를 역행하는 게 가능하다. 그렇다면 죽은 사람도 살리는 게 가능하지 않을까.

그때부터 그의 흑마법에 대한 탐독이 시작되었다.

원래도 육신을 사용하는 것보다 마법에 대한 재능이 뛰어났던 그였다.

무서울 정도의 집념은 짧은 시간 안에 엄청난 성취를 이룩하게 해 주었다.

그렇게 1년이 지난 후 그는 확신할 수 있었다.

흑마법이라면 죽은 이를 살려내는 것도 가능하다.

하지만 그러기 위해선 상상을 초월하는 엄청난 수의 제물과 세상의 질서를 무너뜨릴 마법을 실행할 깨달음이 동반되어야 했다.

시리를 살려 낼 수 있는 유일한 길.

그는 그렇게 수십 년간 흑마법에 매달렸다.

"그리고 마침내 위대한 경지에 오를 수 있었지."

그 순간 베로나 후작의 몸에서부터 어마어마한 죽음의 기운이 뿜어져 나왔다.

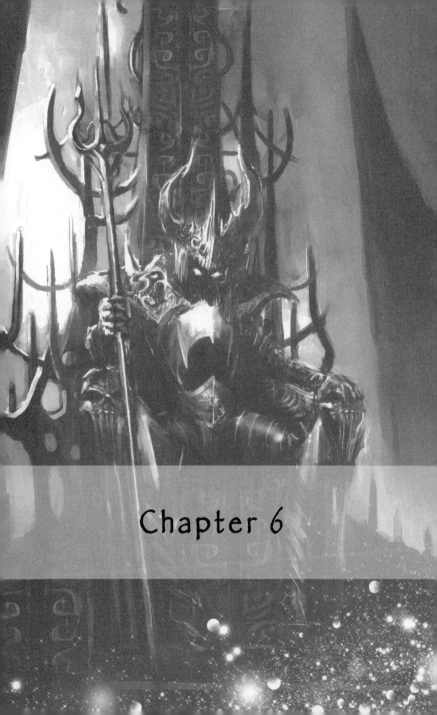

Chapter 6

와장창!

기세가 얼마나 대단했던지 주변을 장식하고 있던 식탁과 가구들이 형편없이 나뒹굴었다.

'이거, 꽤 하는데?'

폭풍과도 같은 그 기세는 정훈조차도 압박감을 느낄 정도의 것이었다.

이제 3막. 패의 능력치를 지닌 자신이 고작 3막에서 이런 압박감을 느끼게 될 줄은 생각하지도 못했었다.

'최소 패, 초입은 넘어섰겠군.'

정확한 경지를 추측하긴 힘들다.

하지만 이 정도 압박감이라 하면 최소 패의 경지는 들어섰을 거라는 확신이 들었다.

하지만 그래 봐야 온갖 언령과 막강한 무구로 무장한 자신을 감당할 만큼은 아니다.

약간의 긴장 속 여유를 되찾을 수 있었다.

빠드득.

기세를 자랑이라도 하려고 하는 듯싶었으나 그게 아니었다.

베로나 후작의 관절이 기묘하게 꺾였다.

전신에서 뼈가 마찰하는 소리가 나오는 것으로도 모자라 살점이 떨어져 내리는 것이었다.

짧은 순간 그곳에 유한 인상의 중년인은 사라지고 뼈만으로 이루어진 괴물이 자리했다.

"리치!"

리치.

고위급 악마와의 계약을 통해 마력을 얻는 그들의 노예를 의미한다.

하지만 노예라고 해서 그 무력도 미약한 건 아니다.

애초에 '고위급' 악마만이 리치라는 존재를 만들 수 있기에 그들의 마력을 일부나마 전해 받은 이들은 비약적인 힘을 얻게 되는 것이다.

게다가 리치로 변하기 전부터 패의 초입에 준하는 능력을 지닌 베로나 후작이었으니.

'미친!'

주변에 나뒹굴던 가구는 그 기운을 이겨 내지 못한 채 박살 났고, 압박은 더욱 거세졌다.

진정한 자신의 존재를 드러낸 리치의 기운은 아득히 멀게만 느껴졌다. 마치 닿지 않는 거리에 있는 무언가처럼.

그저 짐작할 만한 건 패의 경지를 넘어섰다는 부분. 그 경지라 하면 존밖에 없다.

존의 능력치를 지닌 리치라니. 아찔했던 예전 기억을 떠올릴 수밖에 없었다.

고위급 악마와 계약을 통해서만 탄생하는 리치였기에 당연히 그 능력 또한 상상을 초월한다.

정훈 또한 4막에서 처음으로 리치와 마주할 수 있었는데, 녀석의 손에 의해 아군 NPC가 거의 몰살당해야만 했다.

그것도 고작 패의 능력치를 지닌 리치 단 하나에게 말이다.

'존에 달한 리치라면 망할 것도 없겠지.'

침음성을 삼켰다.

물론 그때와 지금의 상황이 다르다고 하지만, 상대의 능력이 자신을 앞서는 건 사실이다.

게다가 존의 능력치를 지닌 리치라면…….

"마신의 종속이 된 거냐?"

고위급 악마가 줄 수 있는 능력은 한계가 있는 법. 존의 능력을 이끌어 내 줄 수 있는 건 72마신 이외에는 없다.

"그러하다. 난 63좌의 권위를 지닌 마신, 안드라스 님의 종복. 내 계획에 끼어든 네 녀석을 죽음으로 이끌 사신이기도 하지."

애써 덤덤한 척하고 있었으나 지금 베로나 후작의 기분은 상당히 가라앉아 있었다.

애써 준비해 왔던 모든 계획이 단 한 명의 방해꾼으로 인해 물거품이 되었기 때문이다.

본인만 살아 있다면 얼마든지 다시 일으킬 수 있겠지만, 지금 당장 분풀이할 대상이 필요했다.

물론 그 대상은 정훈이었다.

"고통 속에 죽어 가거라."

그리 중얼거린 베로나 후작의 손에서 해골 지팡이가 나타났다.

베로나 후작은 붉은 기운을 요사스럽게 뿌려 대는 지팡이를 가볍게 휘둘렀다.

파즈즈.

일반적인 번개가 아닌, 칠흑의 갈래 번개가 뿜어져 나왔다.

닿는 모든 것을 파괴하는 안드라스의 번개. 간단하게 펼친 듯 보이나 마신의 권능이 깃든 강력한 마법이었다.

감히 경시할 수 없는 위력이었다.

온몸의 세포를 활성화시켜 오른손에 쥔 브류나크에 모든 기운을 불어넣었다.

그러자 지금까지와는 비교할 수 없는 찬란한 광휘를 뿜어

대기 시작했다.

"흐압!"

힘찬 기합과 함께 내지른 브류나크로부터 섬광이 뻗어 나와 칠흑의 갈래 번개와 충돌했다.

콰쾅!

신성과 어둠은 상극이다.

당연히 두 기운이 충돌하게 될 경우 보다 강력한 기운이 남게 된다.

"큭!"

충격을 느끼며 뒤로 밀린 건 정훈이었다.

전력을 다했으나 형편없이 밀린 것이었다.

그건 부정할 수 없었다.

"어리석은. 저항은 무의미하다."

말투마저도 무감각하게 변한 후작이 다시 한 번 기운을 일으켰다.

조금 전보다 더욱 넓은 범위, 그리고 강력한 기운이 느껴지는 칠흑의 갈래 번개가 죽음을 예견하며 다가왔다.

'이런 괴물 같은 새끼가!'

일합을 겨루는 것만으로도 상대의 경지를 짐작할 수 있었다.

예상했던 존의 경지에 들어선 게 틀림없다.

어마어마한 능력치, 거기에 마신의 권능마저 등에 업고 있다면 지금의 정훈이 상대하는 건 불가능한 일이었다.

'지금은 그렇겠지.'

당장 지금에 한해서 말이다.

날개 문양이 장식된 황금색 유리병을 바닥에 던져 부수었다.

쨍그랑!

유리병이 부서지며 그곳에서 황금빛 액체가 흘러나왔다.

평범한 액체라면 카펫에 흡수되어야 했겠지만, 그건 달랐다.

소용돌이를 일으키듯 정훈의 주변을 휘감아 돌며 위로 솟구쳤다.

그리고 바로 그 순간 안드라스의 번개가 정훈을 강타했다.

하지만 처음과는 달리 폭발은 없었다.

마치 보이지 않는 괴물이 소리를 먹어 버린 것처럼 장내는 적막에 휩싸였다.

"네, 네놈……."

감정이 죽어 버린 리치, 후작이 놀란 감정을 드러내기 전까진 말이다.

"어떻게 그들의 기운을……!"

정훈의 주위로 아지랑이와 같은 회백색의 기운이 넘실대고 있었다.

그것은 하늘 위 고고한 존재, 천신天神들의 기운.

마신과는 상극이라 할 만한 것이었다.

"마신을 등에 업고 계신 귀한 분을 상대하려면 이 정도는 해 줘야지."

고통으로 일그러져 있었던 정훈의 얼굴에 한 줄기 미소가 피어났다.

그것은 자신감의 발로. 조금 전 깨뜨린 물약이 심어 준 것이었다.

우리엘의 눈물.

사대 천신 중 하나인 우리엘의 일부 권능이 깃든 전설급의 물약이었다.

사용 효과는 간단하다.

10분 동안 우리엘의 사도가 되어 그의 강력한 권능을 사용할 수 있게 되는 것.

'급수는 내가 높다.'

비록 마신과 천신, 동등한 상대를 등에 업었으나 유리한 건 정훈이었다.

안드라스라고 해 봐야 72마신 중 고작 63권좌를 차지하고 있는 마신이다.

그에 반해 정훈은 모든 천신을 다스리는 사대 수장 중 하나인 우리엘의 권능을 지니게 된 것이다.

능력치에선 밀리나 속성의 상성 면에서 월등하다.

충분히 해 볼 만한 승부였다.

"감히 어디서……!"

마신의 권속이 된 순간부터 빛과는 어울릴 수 없다.

정훈이 뿜어 대는 기운이 거슬렸던 베로나 후작이 다시 한 번 기운을 일으켰다.

조금 전보다 더욱 강력해진 갈래 번개가 요란한 스파크를 튀기며 쇄도했다.

"심판의 불꽃으로 너희를 벌하리라."

정훈이 시동어를 외치자 핏빛처럼 붉은 불꽃이 왼손에 맺혔다.

우리엘. 하늘의 불꽃이라는 의미를 지닌 자.

그리고 그 능력은 심판의 불꽃으로 적의 영혼마저 태우는 것이었다.

정훈의 손을 떠난 작은 불꽃이 느릿한 속도로 날아갔다.

처음에는 손바닥만 한 작은 불꽃이었다.

하지만 베로나 후작의 갈래 번개와 충돌하는 순간 그 기운을 흡수하며 몸집을 불렸다.

이내 어마어마한 크기로 몸집을 불린 불꽃이 베로나 후작을 덮쳤다.

화르륵.

일순 강렬하게 타오른 불꽃은 이내 그 흔적을 감췄다. 마치 처음부터 없었던 것처럼.

"크으."

하지만 베로나 후작에게 없던 일이 아니었다.

검게 물든 예식복장 곳곳이 불에 타 그슬렸다.

엉망이 된 건 복장만이 아니었다.

언데드, 그것도 리치라는 상위의 존재로 재탄생해 웬만한 타격에도 끄떡없는 그가 비틀거리고 있었다.

상극이라 할 수 있는 천신의 기운 탓이었다.

그 근원에 심각한 타격을 입은 것이다.

"진리의 검 앞에 무릎 꿇어라."

오른손을 들자 찬란한 빛으로 이루어진 매끈한 검이 나타났다.

죄악을 처단하는 진리의 검. 천신의 기운으로 충만한 검을 든 정훈이 지면을 박찼다.

의지는 곧 움직임이다.

그는 순식간에 베로나 후작의 지척에 도착할 수 있었다.

스윽ㅡ.

세로로 양단했다.

모든 것이 찰나에 벌어진 간결한 동작이었다.

하지만 적도 그리 만만한 존재는 아니었다.

카각.

육체적인 능력마저도 뛰어난 리치는 어느새 해골 지팡이를 들어 진리의 검을 가로막았다.

"흐압!"

가로막혔다고 해서 물러서지 않았다.

저항감이 느껴지는 그 즉시 더욱더 힘을 주어 아래로 내리눌렀다.

빠캉!

강력한 마력이 응집된 해골 지팡이가 박살났다.

그것으로 만족할쏜가.

정훈이 불어넣은 기운으로 한층 더 강력한 기운을 지니게 된 진리의 검은 베로나 후작마저도 양단할 기세로 나아갔다.

"어둠이 나를 감싸니."

마력이 발동해 베로나 후작 주변을 검게 물들였다.

진리의 검에 깃든 찬란한 빛마저도 일부 삼킬 정도의 어둠.

그 속에 숨어든 베로나 후작의 존재가 사라졌다.

안드라스의 권능 중 하나인 어둠의 품이었다.

어둠에 녹아들어 모든 공격 수단으로부터 술자를 보호한다.

어둠이 유지되는 이상 베로나 후작을 건드릴 수 있는 수단은 그 어떤 것도 없었다.

"어디서 얕은수를."

비록 위기를 모면했을지언정 반전의 기회는 용납할 수 없다.

"어둠을 비추는 한 줄기 빛이여."

어둠 속 저편 어딘가부터 어둠을 몰아내는 한 줄기 빛이 영역을 확장했다.

처음엔 미약했으나 이내 모든 어둠을 몰아낼 정도로 강렬하게 빛을 발했다.

그러자 어둠에 녹아들어 있었던 베로나 후작이 마침내 모습을 드러냈다.

단순히 어둠만이 사라진 게 아니다.

찬란한 빛은 여전히 유지되는 중이었다.

이 빛 속에서 모든 어둠의 종속은 능력치가 30퍼센트 하락하게 된다.

존에 닿아 있었던 그의 능력치가 지금 이 순간만큼은 정훈과 대등해진 것이다.

지속 시간은 고작 1분여.

천금과도 같은 기회를 놓칠 수 없는 일이었다.

"우리엘의 날개."

우리엘을 상징하는 심판의 불꽃이 정훈의 양 날개 죽지에서부터 타올랐다.

이내 그것은 거대한 날개 모양으로 변했고, 그의 의지에 따라 활짝 펴졌다.

날개가 유지되고 있는 30초간은 그의 모든 빛 속성 공격의 피해가 300퍼센트 상승한다.

"이놈!"

심상치 않은 기운을 감지한 베로나 후작 또한 안드라스의 권능을 빌려 강력한 어둠의 힘을 뿜어 대기 시작했다.

콰콰콰.

두 괴물이 뿜어내는 기운의 충돌만으로 주변 일대가 진동할 정도였다.

'순수한 힘의 싸움에서라면 밀리겠지만.'

그에게는 셀 수 없이 많은 아이템이 있었다.

보관함을 나온 광휘의 검 프라가라흐와 오대 명검이 떠올라 공격을 보조했다.

꿀꺽.

몸이 상하지 않을 만큼의 물약을 복용해 신체 능력을 강화했다.

"너의 능력을 보여라."

순간이동과 각종 마법이 깃든 소비 아이템으로 부족한 능력을 메꿨다.

괜한 아이템 자랑이 아니었다.

이 모든 건 원거리 공격으로 일관하던 베로나 후작의 덜미를 잡기 위한 것.

한순간의 빈틈을 만들어 내기 위해 수십 개의 값비싼 아이템이 사라졌다.

그리고……

"잡았다."

베로나 후작의 목을 부여잡은 정훈의 안광이 빛났다.

"사악한 자여, 영원의 업화에 타올라라."

심판의 불꽃이 정훈의 손을 통해 후작에게 전이되었다.

화르르르.

불꽃이 요란하게 타오르진 않았다.

하지만 후작의 근원까지 침투한 불꽃은 그의 모든 생명 에너지를 한순간에 소거해 버렸다.

푸르스름하던 안광이 빛을 잃고, 후작의 육신은 빈껍데기가 되었다.

마침내 강적을 쓰러뜨린 정훈이었지만 그의 인상은 좀처럼 펴지질 않았다.

'생명의 단지를 찾아야 해.'

리치가 까다로운 이유는 그 강력한 능력과 더불어 불사에 가까운 생명력을 지니고 있기 때문이다.

이 불사를 깨뜨릴 유일한 방법이라 하면 생명의 단지를 깨뜨리는 것이다.

마족, 혹은 마신에게 영혼을 바친 그들은 불사의 생명을 부여받으나 그 모든 것을 깨뜨릴 유일한 약점을 짊어져야만 한다.

그게 바로 생명의 단지다.

인간이었을 때의 장기중 하나에 모든 생명 에너지를 보관하는데, 이것이 소멸하지 않는 이상 언제든 다시 부활하게 된다.

특히 마신의 권능을 받은 후작이라면 몇 시간 이내로 부활

할 터. 여유 시간이 그리 많지 않았다.

'가만.'

문득 뇌리를 스치고 지나가는 게 있었다.

저택에 들어오기 전 마법사의 눈을 통해 주변을 감지하지 않았던가.

비록 함정은 발견하진 못했지만, 몇몇 마법적인 기운을 발견했었다.

'틀림없어.'

리치의 생명을 담은 단지라고 해서 굉장한 기운을 지니고 있다 오해하기 쉽지만 사실은 그렇지 않다.

오히려 발견하기 어렵게 미약한 기운을 지니고 있는데 우연하게도 마법사의 눈이 탐색한 기운은 이 조건에 부합했다.

눈 모양이 양각된 수정구, 마법사의 눈을 다시금 꺼내었다.

마치 게임 속 미니 맵과 같이 어지러이 연결된 선 너머로 희미하게 반짝이는 푸른색 빛 3개가 점멸하고 있었다.

현재 거리에서 가장 가까운 곳부터 시작해 정훈의 수색이 시작되었다.

"제길!"

신경질적으로 땅을 찬다.

3개 중 하나는 생명의 단지일 거로 단정했다.

하지만 이런 정훈의 예상은 빗나가고 말았다.

하나는 후작의 사념의 깃든 일기장, 하나는 마력이 깃든 칼, 그리고 나머지 하나는 단지였다.

안드라스의 마력이 미약하게나마 느껴지는 게 본래 생명의 단지 용도로 사용되던 것이었으나, 그곳에 후작의 생명은 없었다.

'근처를 벗어날 순 없을 텐데.'

그것은 불문율 중 하나.

리치와 생명의 단지는 결코, 멀리 떨어질 수 없다.

일정 거리 이상, 그리고 일정 시간 이상 떨어지게 되면 생명의 사슬이 끊어져 그대로 소멸하기 때문이다.

정훈의 상식에서 그 거리는 저택을 벗어나지 못한다.

'혹시 모를 적의 침입에 대비했을 가능성도······.'

유령 기사가 당한 것을 알았을 테니 그에 대비해 잠시 단지를 떨어뜨려 놨을 가능성도 배제할 순 없다.

'그럼 난감한데.'

짜증에서 자못 심각한 표정으로 바뀌었다.

이미 우리엘의 눈물의 효과가 다했다.

게다가 물약의 중독도 다한 마당에 후작을 감당할 자신이 없었다.

지금 상태에서 붙게 된다면 백이면 백 패배하게 될 것이다.

'최후의 수단은 있지만.'

만약을 대비한 최후의 수단이 지금 그의 손아귀에 마련되어 있었다.

구겨진 종이 티켓은 입문자의 방에서도 보인 바 있었던 통과 명령서였다.

서막에 불과한 입문자의 방을 통과하는 명령서는 고작 유일급에 불과했지만, 현 3막을 통과하기 위해선 전설급이 필요했다.

정훈도 고작 한 장밖에 마련하지 못한 희귀한 아이템이었다.

물론 그렇다고 해서 희귀도가 고민의 대상이 될 순 없었다.

'다 마련해 놓은 판을 엎어야 한다니.'

존의 능력치를 지닌 리치가 등장할 정도의 퀘스트다.

이를 해결하게 되면 어마어마한 보상이 뒤따르는 건 당연한 일이었다.

게다가 가장 난적인 리치를 한 번 쓰러뜨린 상황이니 선뜻 명령서를 사용할 엄두가 나지 않았다.

'침착하자. 분명히 여기 어딘가에 단서가 있을 테니.'

늘 그래 왔듯이 문제를 줬다면 그 해답에 대한 단서도 근처에 있을 것이다.

우선은 조급한 마음을 버렸다.

그리고 떠올렸다.

지금 가장 먼저 할 수 있는 일이 무엇인가.

단서를 찾는 것이다.

그리고 그 단서가 될 만한 게 바로 눈앞에 있었다.

바로 후작의 일기장.

어쩌면 그곳에 무언가 단서가 될 만한 내용이 있지 않을까.

바닥에 놓인 일기장을 집어 들어 펼쳤다.

그냥 넘어가는 것 없도록 신중하지만 빠르게, 모든 내용을 읽어 나갔다.

애석하게도 생명의 단지에 관한 내용은 찾아볼 수 없었다. 다만 눈에 띄는 특이 사항이 있다면…….

'패리스 백작이 심장 수술을 받았다고?'

선천적으로 심장이 약했던 패리스 백작.

본래는 채 반년을 넘기지도 못한 채 죽을 운명이었으나 후작의 권능을 통해 새로운 심장을 이식받아 건강함을 되찾을 수 있었다.

이 시대에 심장 이식이 특이하다면 특이할 수 있겠지만, 마법이 지고한 경지에 닿은 이라면 불가능한 것도 없다.

정훈이 주목한 부분은 심장 이식 그 자체가 아니다.

'내용의 흐름 상 리치로 탄생하는 바로 그 당일에 심장을 이식받았다는 건데.'

심장을 이식받게 된 날짜가 후작이 리치로서의 삶을 시작하게 된 날짜와 똑같았다.

리치의 생명을 담게 될 장기 중 하나.

안드라스의 권능이 깃든 날카로운 칼.

비어 있는 단지.

'아!'

정훈은 그제야 깨달을 수 있었다.

이 모든 단서는 하나의 사실을 관통하고 있었다.

"왜 이렇게 늦는 거지?"

불안한 모습으로 주변을 서성거리는 이는 바로 패리스 백작이었다.

잔뜩 얼굴을 일그러뜨린 채 손톱을 깨물었다.

아버지, 베로나 후작이 자신의 목숨을 노린다는 사실을 깨달은 이후 줄곧 이 모습이었다.

과도한 스트레스로 인한 증세라 할 수 있었다.

누구라도 그럴 것이다. 자신을 사랑하고 아낀다고 여겼던 아버지가 사실은 암살을 사주했다니.

충격으로 미망 속을 헤매지 않은 것만 해도 다행한 일이었다.

"설마 당한 건 아니겠지?"

그 옆을 지키고 있는 캐풀렛 공 또한 걱정이 이만저만이 아니었다.

사실 정훈은 그들의 유일한 희망이었다.

만약 그가 후작에게 당한다면 다음은 가문, 그리고 자신이 될 게 틀림없었다.

살아남는 건 불가능하다.

영지 하나를 초토화할 정도의 강력한 권능을 지닌 흑마법사라면 그 손길을 벗어나는 게 불가능할 테니 말이다.

그 속사정은 다르지만, 모두가 자신의 목숨을 걱정하며 불안하게 입구 쪽을 바라보고 있었다.

"저, 정훈 경!"

멀리서 다가오는 정훈을 가장 먼저 발견한 건 티벌트였다.

다른 이들보다 넓은 시야를 지닌 그가 다가오는 정훈을 반겼다.

그러자 그 주위로 수많은 인파가 몰려들었다.

"후작은 어떻게 됐나?"

"아버지는 어떻게?"

일단 정훈이 살아 돌아왔다는 건 희소식이다.

하지만 후작의 처리 여부는 확신할 수 없었다.

"다행히 그를 처리할 수 있었습니다."

"오오!"

"과연!"

시원한 정훈의 대답에 모두의 얼굴에 미소가 피어났다.

"하지만 아직 완전히 끝을 낸 게 아닙니다."

"완전히 끝을 내지 않았다니? 그가 살아서 도주라도 했단 말인가?"

"조금 전에도 말했듯 그를 소멸시켰습니다. 하지만 그는 사악한 권능을 받아들인 리치. 생명의 근원을 파괴하지 않는 이상 계속해서 부활하게 될 겁니다."

"리, 리치라니!"

"그 사악한 존재가……."

실제로 본 적은 없으나 모두가 리치의 악명에 대해선 익히 들어 온 바가 있었다.

웬만한 영지 하나는 가볍게 씹어 먹을 수 있는 강력한 괴물.

그 존재를 물리쳤다는 정훈에게 새삼 감탄할 수밖에 없었다.

"그럼 생명의 근원은 찾았나?"

"물론입니다."

캐퓰렛 공의 물음에 힘차게 고개를 끄덕였다.

"지금부터 그 근원을 제거하겠습니다."

담담하게 한 마디를 이은 그의 육신이 흐릿해진 그 순간이었다.

푸욱.

살을 뚫는 섬뜩한 소리가 장내에 울려 퍼졌다.

성스러운 기운이 깃든 엑스칼리버가 정확히 패리스 백작

의 왼쪽 가슴을 관통한 것이었다.

❦

20년 전, 날이 적당한 어느 날.

동생 부부를 무참히 살해한 베로나 후작은 후회와 고통의 나날을 보내야만 했다.

사실 당시의 일은 어떻게 된 일인지 기억조차 나지 않을 정도로 그의 의지를 배반하는 것이었다.

물론 분노한 마음이야 금할 길이 없었으나 누군가를, 그것도 동생을 살해할 마음은 추호도 없었다.

이런 그의 마음과는 반대로 이미 일은 벌어졌고, 그저 죽고 싶은 마음뿐이었다.

동생의 피를 묻힌 이상 더는 살아갈 용기가 나지 않았다.

하지만 패리스는 자신이 죽게 되면 남겨질 아들 걱정이 들 수밖에 없었다.

사랑하는 이의 마지막 부탁은 아들을 지켜 달라는 것이었다.

그녀의 소망과 자책감 사이에서 고통받던 그는 뭔가에 이끌리듯 서재를 찾아가게 되었다.

그리고 그곳에서 흑마법의 기초 이론에 관한 것을 발견할 수 있었다.

자연의 섭리를 역행할 수 있다는 하나의 글귀.

그렇다면 사랑하는 아내를 되살릴 수 있지 않을까, 그녀라면 공허한 나의 마음을 채워 줄 수 있지 않을까.

그 순간부터 베로나 후작의 흑마법 삼매경이 시작되었다.

흑마법은 그에게 딱 맞는 옷이었다.

선천적으로 마력의 축복을 받고 태어난 그는 스펀지가 물을 흡수하듯 빠르게 흑마법을 익혀 나갈 수 있었다.

10년이란 시간은 뛰어난 재능을 지닌 누군가를 대가의 반열에 들게 하기에 충분한 것이었다.

특히 마력의 축복을 받은 베로나 후작의 경지는 애초 목적이었던 '죽은 이를 살릴 역행'을 펼치기에도 충분한 정도에 도달할 수 있었다.

하지만 그는 차마 그 방법을 실행하지 못했다.

고작 한 사람을 살리기 위해 수십만 명의 목숨은 물론 그 자신 또한 영혼을 바쳐 마신의 권속이 되어야만 했기 때문이다.

이제는 과거가 되어 버린 그녀를 살리고자 죄 없는 이들을 희생할 순 없는 노릇이었다.

결국 시리를 살리는 것을 포기한 그는 대신 그녀의 소망대로 아들 패리스와 함께 여생을 살아가기로 했다.

그 사건이 터지지만 않았다면 말이다.

본래도 허약했던 패리스가 심장 발작을 일으켜 내일을 장담할 수 없는 중태에 빠진 것이다.

유명한 신관, 의원, 마법사 등을 불러 방법을 찾으려고 해 봤지만, 방문하는 모든 이들이 고개를 젓는 원인 모를 불치병이었다.

이렇게 또 사랑하는 사람을 잃어야만 하는가.

싫다. 그것만큼은 절대로 허락할 수 없었다.

아들을 살릴 수 있는 유일한 길은 흑마법이 제시해 주었다.

리치가 되어 생명의 에너지를 심장에 담는다.

그리고 이를 병든 심장과 교체하면 아들은 불사의 생명을 얻게 된다.

리치가 된 그 자신과 아들 모두 불사의 생명을 얻게 되는 것이다.

게다가 이 방법은 누구에게도 피해를 주지 않고도 원하는 바를 이룰 수 있다.

거리낄 게 없기에 실행도 빨랐다.

마신과의 계약을 위한 모든 준비가 갖춰지고, 그는 마침내 마신을 소환하게 되었다.

주변의 시간이 정지하고, 모든 것이 어둠에 물들었다.

마침내 베로나 후작 앞에 모습을 드러낸 건 올빼미 머리에 천사의 날개, 그리고 불타는 검을 지닌 63권좌의 마신 안드라스였다.

안드라스, 통칭 불화不和의 마신이라 불리는 초월적인 존재.

그를 본 순간 후작은 무언가 크게 잘못되었음을 깨달을 수 있었다.

'하나 이미 늦었다. 나의 권속이 되는 순간부터 네 앞에는 불화의 길이 펼쳐질 것이니.'

동생 부부와 시리의 죽음, 흑마법의 입문, 그리고 패리스의 심장 발작까지.

사실은 이 모든 게 안드라스가 꾸민 일이었던 것이었다.

인간관계에 불화의 씨앗을 심고, 그 파멸을 즐기는 안드라스의 꼬임에 넘어간 베로나 후작.

결국, 그의 영혼은 영원한 어둠 속에 빠졌고 충실한 안드라스의 권속이 되어 사람들의 영혼을 수집하기에 이르렀다.

"어, 어째서……?"

검이 심장을 꿰뚫었다.

그 즉시 죽을 수밖에 없는 치명상에도 패리스 백작은 여전히 숨을 쉬며 의문을 표하고 있었다.

"이게 무슨 짓이냐!"

"정훈 경!"

아무리 원흉의 아들이라 하나 그도 피해자다.

정훈의 돌발 행동에 모두가 분노를 나타냈다.

"패리스 백작, 그가 바로 후작이 지닌 생명의 근원이기 때문입니다."

모두의 분노 속에서 정훈은 덤덤히 사실을 말해 주었다.

그 말에 모두의 시선이 죽어 가는 패리스 백작에게 향했다.

"내가 생명의 근원? 그게 무슨 말도 안 되는⋯⋯."

도무지 그 사실을 받아들일 수 없었던 패리스 백작이 발작적으로 외쳤으나 그 말을 끝맺지 못했다.

크아아아.

영혼의 절규가 울려 퍼졌다.

그리고 그와 동시에 엑스칼리버에 꿰뚫린 육신 사이로 검은 기운이 가스처럼 분출되기 시작했다.

한참이나 뿜어져 나온 검은 가스는 허공에 떠올라 점차 하나의 형상을 취했다.

그건 바로 올빼미의 얼굴. 이 모든 일의 원흉인 안드라스의 형상이었다.

-하! 고작 필멸자 하나가 내 계획에 훼방을 놓다니.

안드라스는 단지 자신의 취미를 위해 베로나 후작을 조종한 게 아니다.

그를 통해 제물을 확보하고, 현세에 강림하려고 했다.

마신이 현세에 강림하기 위해선 셀 수 없이 많은 수의 영혼이 필요했다.

그리고 그 적임자로 마력의 축복을 받은 후작을 꼬여 놓은 참인데, 정훈으로 인해 그 모든 계획이 물거품으로 돌아가고만 것이다.

–지금은 비록 이렇게 물러나지만 널 기억하겠다. 필멸자.

고작 형상에 불과하나 현세에 기운을 남길 수 있는 시간은 길지 않았다.

할 말을 남긴 안드라스의 형상이 사라지자 메시지가 떴다.

–추가 시나리오 종료.

베로나 후작의 완전한 죽음과 함께 시나리오는 종료되었다.

–신기원을 이룩한 입문자에게 경의를 표하며 '언령 : 마신의 숙적' 각인.

'고작 언령 하나?'

정말 말도 안 되는 난이도의 시나리오를 완료했다.

그래서 그 보상에 대해 기대가 한없이 컸는데, 고작 언령 하나에 그친 것이다.

그래도 효과 하나는 끝내주겠지.

그렇게 투덜거리며 효과를 확인하던 정훈은 많은 의미로 망연자실할 수밖에 없었다.

| 언령 : 마신의 숙적 |

"제정신이야?"

아직 주변에 캐풀렛 공을 비롯한 많은 주민이 남아 있었다.

하지만 이에 아랑곳하지 않은 채 빽 소릴 질렀다.

그만큼 그는 심적으로 매우 흥분 상태였다.

'마신의 숙적이라니. 내가 마신의 숙적이라니!'

반신이라 불리던 3대 재앙.

그들을 손 하나 까닥하는 것만으로도 소멸에 이르게 할 수 있는 존재들이 72마신이다.

10년간 이 세계를 헤쳐 온 정훈도 그들과 맞서겠다는 생각은 단 한 번도 품은 적이 없을 정도로 강력한, 그야말로 신이었다.

그런데 그런 마신들이 자신을 주목하기 시작했다?

아니, 주목만 했다면 영광일지 모르나 적대적인 관계라 하지 않는가.

72마신의 입김이 닿지 않는 무대란 존재하지 않는다.

앞으로 헤쳐 가야 할 모든 시나리오에서 그들의 방해를 받게 된다면…….

'망했다.

범의 아가리 속에 발을 들이민 꼴이었다.

전혀 생각지도 못한 보상으로 공황 상태에 빠져 있던 그때였다.

−제3 시나리오, 로미오와 줄리엣 종료.

−제4 시나리오 포털 작동.

−캐퓰렛 저택 중앙에 포털 생성.

−포털 종료까지 남은 시간 9시간 59분 59초.

모든 시나리오의 종료로 캐퓰렛 저택 내부에 4막으로 가는 포털이 생성되었다.

정훈은 자신의 앞에 모습을 드러낸 포털을 멍하니 바라보았다.

한동안 영혼이 빠져나간 동태 눈깔로 포털을 응시하더니……

"후우."

땅이 꺼지게 한숨을 내쉬었다.

용케도 그 짧은 시간에 마음을 추스른 것이었다.

'여기서 우물쭈물해 봐야 이미 일어난 일이 없어지는 것도 아니잖아.'

이왕 벌어진 일이라면 어떻게든 살아남을 궁리를 해야 한다.

그가 내놓은 결론은 지극히 간단했다.

'솔로몬의 무구를 손에 넣는다.'

72마신을 봉인하여 세계에 평화를 불러온 솔로몬 왕.

그가 마신들을 봉인하는 데 사용했던 무구를 손에 넣을 수만 있다면……

'불가능하지만은 않아.'

태고급, 어쩌면 태초급에 이를지도 모르는 무구였지만, 손에 넣는 게 마냥 불가능한 것만은 아니었다.

'일단 반지로 향하는 길이 내 손에 있으니.'

불꽃으로 이루어진 남성의 형상이 새겨진 패牌.

그것은 복구된 아스가르드로 향하는 유일한 열쇠인 비프로스트였다.

본래는 좀 더 여유가 있을 때 갈 예정이었으나 계획은 언제나 바뀌기 마련이다.

'4막으로 가는 건 일단 보류.'

어차피 시간의 뒤틀림으로 인해 시나리오를 진행하는 데 아무런 문제가 없다.

지금은 시나리오 따위보다 앞으로 닥쳐올 마신들의 견제를 이겨 낼 방법을 마련하는 게 더 중요했다.

"무지개다리 비프로스트여, 나를 아스가르드로 인도하라."

화륵.

시동어와 함께 비프로스트에 불길이 일며 하늘을 향해 솟구쳤다.

이내 그 불길은 영롱한 일곱 빛깔 무지개로 변해 곡선의 다리를 만들었다.

"이건 기적인가?"

"정훈 경, 이건 도대체……?"

갑작스레 일어난 일에 모두가 놀라 정훈을 쳐다보았다.

하지만 정훈은 일언반구의 대꾸도 하지 않은 채 무지개다리에 몸을 실었다.

❦

"죽엇!"

빨간 망토를 뒤집어쓴 소녀.

그녀의 독 단검이 심장을 노린 채 쇄도했다.

동작의 간결함과 속도가 예사롭지 않았으나 이를 바라보는 준형은 오히려 여유로운 모습이었다.

캉!

찬란한 황금빛 광채의 검, 엑스칼리버가 정확히 단검의 진로를 가로막았다.

"칫!"

회심의 일격이라 생각했던 기습이 빗나갔다.

혀를 찬 빨간 망토는 가망이 없음을 깨닫곤 도주를 선택했다.

펄럭.

망토의 끝자락을 잡은 채 자신의 몸을 가렸다.

그러자 조금 전까지 존재하던 그녀의 모습이 감쪽같이 사라지는 것이었다.

지금껏 준형과 300명의 협력 길드원들을 괴롭혔던 빨간 망토의 비기였다.

"또 그거로군."

멋모를 때는 당했지만, 이제는 익숙하다.

그 즉시 눈을 감은 준형이 기감을 확대했다.

부지런히 연마한 그는 어느새 기를 완숙하게 다룰 정도의 경지에 이르러 있었다.

물론 정훈과 비교하면 부족해 보일진 모르지만, 적어도 현재 입문자 중에선 단연 돋보이는 발전 속도라 할 만했다.

"여기다!"

망토가 흔적은 없앨 수 있을지 모르지만, 특유의 기까진 감추지 못했다.

그 기를 파악한 준형의 엑스칼리버가 예리하게 한 곳을 베고 지나갔다.

푸확.

아무것도 없는 공간에서 새빨간 선혈이 쏟아져 나왔다.

그와 함께 조금 전 사라졌던 빨간 망토가 모습을 드러냈다.

가슴 부근, 뼈가 드러날 정도로 깊숙하게 베인 치명적인 상처를 입은 채 말이다.

　　"어, 어떻게……?"

　　지금껏 누구도 알아채지 못했던 기적을 알아챘단 말인가.

　　의문을 풀고 싶었으나 그녀의 생명은 이를 기다려 주지 않았다.

　　털썩.

　　마침내 빨간 망토가 쓰러지고, 그곳엔 그녀가 흘린 전리품만이 가득했다.

　　"휴우, 힘들었다."

　　지금까지의 긴장이 풀린 준형이 그 자리에 주저앉았다.

　　여유 있는 척했지만, 한순간도 긴장을 늦출 수 없는 긴박한 순간이었다.

　　정훈이 알려 준 서브 시나리오.

　　그 주인공인 빨간 망토는 영악했고, 또한 강력했다.

　　하지만 그는 물러나지 않았다.

　　몇 번이나 그녀에게 당해 죽음의 위기를 넘기고 마침내 임무를 완수한 것이다.

　　'지금쯤이면 늑대들의 처리도 끝났겠지.'

　　주변을 둘러보았다.

　　간간이 들리던 소음이 사라졌다.

　　빨간 망토의 부하인 늑대들마저도 그의 동료들에 의해 쓰러진 것을 의미하는 것이었다.

'많은 성장을 이루었다.'

그 자신도 그렇지만, 300명의 길드원도 일취월장할 수 있었다.

'정훈님께 또 빚을 진 셈이로군.'

그들이 노력한 결과이기도 했지만, 정훈의 도움도 무시할 순 없다.

만약 그가 이 서브 시나리오를 알려 주지 않았다면, 아니, 애초에 그가 도움을 주지 않았다면 1막에서 허망하게 죽음에 이르렀을 터였다.

도대체 그는 누구일까.

누구이기에 그토록 강한 힘을, 또한 이 많은 정보를 알고 있는 걸까.

매번 고민에 고민을 거듭했지만, 알 수 있는 건 없었다.

그저 그가 자신의 적이 아닌 것을 다행으로 생각할 뿐이었다.

'아, 쉬고 싶다.'

큰일을 치른 덕분일까.

문득 피로함이 몰려왔다.

주저앉은 그 자세 그대로 지면에 벌러덩 누웠다.

하늘은 높고 청명하기 그지없었다.

'음?'

높은 하늘에 취해 있던 그때였다.

돌연 하늘에 선명한 무지개가 뜨는 게 아닌가.

그리고 그 너머로 보이는 아주 작은 그림자가 있었다.

'정훈 님?'

왜 그렇게 생각했는진 모른다.

그냥 그의 이름이 떠올랐다.

'또 무슨 일을 벌이시는 건지.'

저 정체 모를 사내는 또 무슨 일을 벌이려고 하는 걸까.

왠지 모르지만, 준형의 입가엔 얕은 미소가 걸려 있었다.

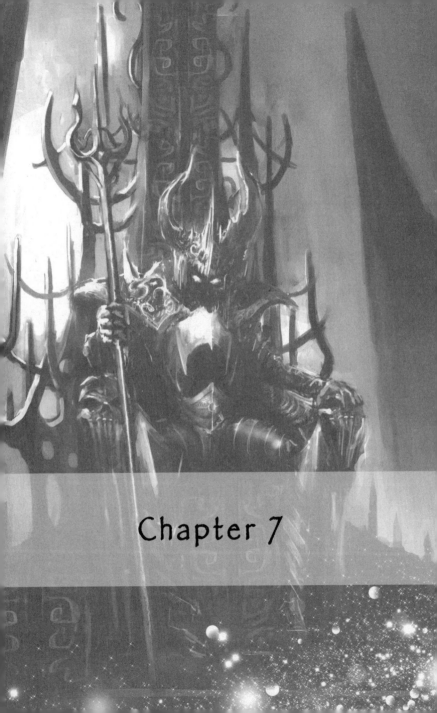

Chapter 7

'마신의 숙적이라.'

무지개다리를 건너는 중에도 그의 고민은 끊임없이 이어졌다.

그의 고민은 하나.

추가 시나리오의 완수로 받은 언령에 관한 것이었다.

'보상이라고 하기엔 너무 이상해.'

명색이 보상이다.

그런데 이건 도리어 벌칙과 다를 바가 없지 않은가.

10년간 FT를 플레이해 온 정훈에게도 일반적이지 않은, 낯선 경험이었다.

'어쩌면 마신과의 전투 권한을 보상이라고 설정했을 수도

있겠지.'

한 가지 생각할 수 있는 부분은 72마신의 전투 권한이었다.

정훈의 캐릭터인 한주먹으로 도달한 시나리오는 7막이었다.

그동안 마신과의 전투는커녕 그의 권속들과도 부딪치는 일은 없었다.

그저 전설 속에서나 등장할 법한 이들이라 생각했는데, 지금은 정훈의 숙적으로 등장한 것이다.

'일반적으로는 상대하는 것조차 불가능한 존재. 그 강력함만큼이나 보상도 어마어마하겠지.'

전투 권한이 보상인 만큼 그들을 쓰러뜨렸을 때의 보상이란 이루 말할 수 없는 것이리라.

'제길. 근데 그걸 원하지 않았다고.'

선택의 여지가 있었다면 당연히 일반적인 보상을 택했을 정도로 그가 원하던 게 아니었다.

만약 경험이 있어 이런 보상이라는 걸 알았다면 목숨을 걸고 시나리오를 완료하는 일도 없었겠지.

하지만 그 모든 게 이미 지나간 일이 되었다.

어떻게든 일은 벌어졌고, 이제는 수습할 일만 남은 셈이다.

'도리가 없다.'

고민한다고 해서 달라질 건 없었다. 그저 주어진 운명을 개척하기 위해 최선을 다할 뿐.

마침내 잡념을 걷어 낸 정훈이 속도를 높였다.

아직 가야 할 길이 멀다.

무지개다리의 끝을 향해 맹렬한 속도로 달려갔다.

먼 거리를 이동해서야 마침내 지면에 당도할 수 있었다.

물컹.

물컹하고 부드러운 감촉이 느껴졌다.

그건 지면이라고 부를 수 있는 게 아니었다.

부드러운 구름 땅과 온갖 기화요초, 그리고 따스한 온기가
가득한 세상.

실낙원을 꿈꾸던 이들에 의해 탄생한 신 아스가르드였다.

-신 아스가르드 입장.

-아스가르드에 펼쳐진 결계의 힘이 입문자를 거부한다. 지금부터
2,400시간 후 강제 퇴장.

막대한 보상이 기다린다더니 아무래도 제한 시간이 있는
영역이 모양이었다.

잠시 그곳에 멈춰선 정훈이 주위를 둘러보았다.

그런 그의 얼굴엔 고뇌가 깃들어 있었다.

앞으로 어떻게 움직여야 할지 깊은 고민에 빠진 것이다.

고민이 될 수밖에 없었다.

소문만 무성한 세계, 당연히 경험도 없기에 몸을 사리면서

움직이는 수밖에 없었다.

'가장 시급한 건 정보.'

미래의 경험이 있었던 지금까지와는 다르게 아무런 정보가 없다.

정훈으로선 그 점이 가장 불안했다.

그렇기에 가장 먼저 해야 할 일로 정보 수집을 꼽았고, 곧장 실행에 옮기기 시작했다.

주변을 경계하며 앞으로 나아간다.

그러던 그의 눈에 띈 것은…….

'토끼?'

토끼가 구름 땅 위를 폴짝폴짝 뛰놀고 있었다.

그런데 일반적으로 흔히 볼 수 있는 토끼가 아니었다.

나선형의 뿔이 이마 정중앙에, 하얀 털 색과 같은 한 쌍의 날개가 등을 장식하고 있었다.

거기에 눈동자는 어떤가. 붉은색이 아닌 황금색 광채를 띠고 있는 게 여간 범상치 않아 보였다.

'토끼도 일단은 몬스터의 범주에 들어가니.'

가장 먼저 확인해야 할 것은 신 아스가르드라는 필드에 등장하는 몬스터의 수준이었다.

아무리 외형이 다르다고 해도 토끼는 토끼.

가장 하위의 몬스터의 힘을 가늠해 보면 대략적인 견적을 뽑아 볼 수 있을 터였다.

긴장하긴 한 모양이었다.

무장 상태도 선택할 수 있는 가장 최강의 것을 골랐다.

머리의 금관 긴고와 신진철이 함께했다.

일단은 가볍게 휘둘렀다.

쐐액.

일직선의 궤적을 그린 신진철이 토끼를 향해 짓쳐 들었다.

그 찰나의 순간, 보송보송하던 토끼의 털이 철 수세미처럼 바짝 솟아올랐다.

끼익!

목을 긁는 괴성을 지른 토끼가 그 자리에서 사라졌다.

'뭐야?'

아무리 그래도 토끼다.

당연히 신진철에 의해 육신이 박살날 것으로 생각하고 있었던 정훈은 경악을 금치 못했다.

놀라운 속도로 반응한 토끼가 어느새 그의 발밑에서부터 점프해 뿔을 들이밀고 있었던 탓이다.

본능이 말했다. 그 일격에 담긴 힘이 보통이 아니라고. 무방비 상태로 당했다간 목숨을 잃고 말 것이라고.

내뻗은 신진철을 회수할 생각도 하지 못한 채 던져 버리고 몸을 틀었다.

그그극.

돌발 상황에 제대로 대응하지 못했다.

토끼의 뿔은 갑옷을 스쳐 지나갔고 무려 성물급, 그것도 방어력 하나만큼은 최상위에 속하는 군신의 갑옷이 형편없이 뜯겨져 나갔다.

위험한 상황을 어거지로 넘긴 그 순간 방심이란 단어는 저 멀리 떠나 보냈다.

보관함에서 나온 오대 명검과 프라가라흐가 떠올라 토끼를 공격하기 시작했다.

챙챙챙.

하지만 이 강력한 토끼는 자신의 뿔을 이용해 검을 쳐 내는 것은 물론, 날개를 이용한 빠른 속도로 그 사이를 넘나들었다.

고작 스스로 의지로 움직이는 검 따위는 생채기 하나 낼 수 없는 지경이었다.

하지만 아주 잠시간의 시간은 벌 수 있었다.

바닥에 떨어진 신진철을 회수한 정훈은 미후왕의 능력을 빙의했다.

일순간에 붉은색 털을 지닌 원숭이 인간이 된 그는 비약적으로 상승한 능력치를 통해서야 겨우 우위를 점할 수 있었다.

수십 합의 공방과 함께 마침내 신질철이 토끼의 머리통을 후려갈겼다.

"끼엑!"

짧은 비명과 함께 마침내 토끼의 움직임이 멈췄다.

파들파들 경련을 일으키는 사체 주위로 전리품이 한가득 떨어졌다.

'백금?'

그의 눈에 먼저 띈 건 아름다운 백색 광채를 발하는 백금 재질의 주사위였다.

고작 토끼 1마리를 처리했을 뿐인데도 4티어, 그것도 상급 주사위인 백금이 나온 것이다.

우연으로 치부하기엔 너무 절묘하다.

가장 하위의 몬스터인 토끼가 백금 주사위를 드롭했다는 건 지금 이 영역이 자신의 수준에 맞춰져 있다는 것을 의미한다.

'어쩐지 시간제한이 있더라니.'

그야말로 기회의 땅이었다.

현재 정훈이 지닌 패의 능력치는 5막이 되어야만 정상적으로 능력을 향상할 수 있는 수준이었다.

특별한 몇몇 경우가 아니라면 4막과 5막에선 손만 빨아야 했었는데, 이젠 그럴 걱정을 할 필요가 없어졌다.

'이곳에선 내 레벨은 1과 같으니까.'

곳곳에 조금 전 상대한 토끼와 같은 동물들이 널려 있었다. 게다가 선공을 걱정할 필요 없는 비선공 몬스터.

'일단은 사람 구실 할 정도로 수준을 끌어올린다.'

현재 정훈의 상태는 이제 갓 이계에 발을 들인 입문자와 다를 바 없다.

적어도 이곳의 퀘스트를 해결하기 위해선 어느 정도의 수준까지 끌어올릴 필요성이 있었다.

그리고 그 제물이 될 게 토끼였다.

주변을 서성이고 있는 녀석들을 시작으로 차근히 수준을 높여 갈 것이다.

"꾸익!"

흡사 수사슴을 연상케 하는 구불구불하고 날카로운 뿔을 가진 멧돼지가 맹렬한 속도로 돌진해 왔다.

평범한 돌진이 아닌, 작은 산마저도 밀어 버릴 강력한 힘을 지닌 미증유의 힘.

하지만 그 대상이 된 사내에게선 긴장감을 찾아볼 수 없었다.

오히려 돌진해 오는 멧돼지를 향해 마주 달려간다.

그리고 둘의 충돌이 일어나는 바로 그 접점에 도달할쯤이었다.

충돌은 일어나지 않았다.

사내가 멧돼지의 뿔을 양손으로 거머쥐고 있었던 덕분이었다.

"흐읍!"

별다른 방어 장비를 걸치지 않은 탓에 요동치는 팔 근육이 고스란히 드러났다.

금방이라도 터질 듯 부풀어 오른 근육과 힘줄이 부여한 힘은 멧돼지를 공중으로 들어 올릴 정도였다.

"꾸익, 꾸이익!"

자신의 몸이 들리는 것을 인지한 멧돼지가 괴성을 지르며 난동을 피워 댔지만, 소용없었다.

그대로 공중으로 들어 올린 사내는 바닥을 향해 있는 힘껏 내팽개쳤다.

콰앙!

보통의 멧돼지와는 달리 미친 듯한 체력에 단단한 거죽을 지닌 이 강력한 괴물도 그 충격을 이겨 내진 못했다.

"이걸로 멧돼지 생포는 끝!"

마치 가볍게 아침 산책을 나온 것처럼 아무렇지도 않게 중얼거린 사내가 기절한 멧돼지를 어깨에 둘러멨다.

특유의 무표정한 얼굴, 가벼운 흰색 천 옷을 입은 그는 정훈이었다.

신 아스가르드에 도착한 지도 어느새 60일이 지난 시점.

그간 성장에 성장을 거듭한 그는 멧돼지 정도는 수월하게 사냥할 수 있을 정도로 성장해 있었다.

능력치 또한 존의 초입에 들어섰고, 원하던 정보 수집도

원활하게 이루어져 현재는 이곳의 주민들과도 교류가 이루어진 상태였다.

오늘 멧돼지를 사냥한 것도 그것의 일환이다.

마그니를 섬기는 잉코아 마을 주민들의 요청으로 멧돼지 10마리 생포를 시작했고, 지금 잡은 것은 그 마지막 10마리째였다.

'드디어 코르티나 성으로 들어갈 수 있겠군.'

아스가르드는 계단식으로 이루어진 성장 구조를 지니고 있었다.

성에서 가장 먼 거리에 있는 촌락을 시작으로 성내에 가장 가까운 잉코아 마을까지.

그곳에 머물고 있는 주민들의 부탁을 들어주고, 인정을 받게 되면 마침내 최종 목적지, 신들의 성 코르티나로 입성할 수 있게 되는 것이다.

멧돼지 10마리 생포 임무의 경우 코르티나 성으로 들어갈 수 있는 최종 임무이자 마지막 시험인 셈이었다.

✦

"자네라면 능히 마그니 님의 힘이 되어 줄 수 있을 것 같네."

하루 만에 임무를 완수한 정훈에게 잉코아 마을의 촌장은 매우 흡족해하며 마름모 형태의 패를 건넸다.

"이건 시험을 통과한 징표. 이걸 지니고 있으면 코르티나 성을 통과할 수 있다네."

드디어 원하던 것을 패를 손에 넣게 되었다.

정훈은 받아 든 패를 바라보았다.

재질을 알 수 없는 붉은색 금속으로 이루어진 마름모 형태의 패 안에는 번개를 뿌리는 망치를 손에 든 사내가 정교하게 새겨져 있었다.

"성에 입성하거들랑 괜히 기웃거리지 말고 곧바로 마그니 님을 찾아뵙게. 요즘 들어 흉흉한 소문이 들리고 있으니 몸조심하는 게 좋을 게야."

물론 정훈도 잘 알고 있었다.

현재 아스가르드는 신 중의 신, 모든 이들의 위에 설 주신을 가리는 문제로 떠들썩했다.

주신이 될 자격을 지닌 후보는 세 명.

토르의 아들인 마그니, 가장 영향력이 강한 빛의 신 발더, 그리고 오딘의 아들인 비다르였다.

이들은 자신이 주신으로 올라서기 위해 파벌을 형성했고, 처음에는 평화적으로 토론을 벌이는 듯했으나 점차 과격해지기 시작해 이제는 폭력적인 양상을 띠고 있었다.

언제 터질지 모르는 냉전 상황.

당연히 그 중심부가 되는 코르티나 성은 각 세력을 견제하는 움직임이 활발하게 벌어질 터였다.

"걱정 마십시오. 제 몸 하나는 지킬 수 있으니."

60일 전만 해도 토끼 하나 감당해 내지 못했던 정훈이었다.

하지만 침식을 잊을 정도로 부단히 노력한 결과 큰 성과를 이루었다.

강력한 권능을 지닌 신들이 직접 나서지 않는 이상 제 한 몸 지킬 자신은 있었다.

"그래. 자네 정도라면 믿을 수 있지. 부디 마그니 님이 주신이 될 수 있도록 노력을 게을리하지 말게나."

잉코아 마을의 시험을 수락한 순간부터 정훈은 마그니 진영에 자동으로 합류하게 되었다. 물론 목적이 있어서다.

'마그니 진영에서 꽤 얻을 게 많거든.'

토르의 아들 마그니.

그를 따르게 된다면 그토록 원하던 마지막 물품을 손에 넣을 수 있다.

그의 움직임에 관한 모든 건 철저한 손익에 따른 계산에 의한 것이었다.

코르티나 성.

주민들에겐 천공의 성이라 불리는 이곳은 신들의 권위를 상징하듯 홀로 공중에 떠 있는 공중요새이기도 했다.

강력한 마법의 금제로 인해 그 어떤 비행이 불가능한 아스가르드에서 성으로 입장할 방법은 하나, 상시 운용되고 있는 공간 이동의 마법진을 이용하는 것이었다.

물론 성으로 통하는 유일한 길인 만큼 그 경계는 삼엄하기 그지없었다.

마법진을 중심으로 둥글게 원을 그린 수십의 인원, 그들은 성내에서도 엄선된 무력을 자랑하는 최강의 정예들이었다.

그런 이들이 3교대로 24시간 대기하는 통에 쥐새끼 1마리의 침입도 용납하지 않았다.

설혹 그들을 뚫는다 해도 복잡한 식이 부여된 패스가 없는 이상은 마법진을 이용하는 게 불가능했다.

철저하게 검증된 이만을 성에 들이려는 수뇌부의 노력이 낳은 결과물인 것이다.

햇볕이 가장 따뜻하게 비치는 정오.

아스가르드의 주민들은 이 시간을 태양신 프레이가 축복하고 있다고 하여 프레이의 시時라고 불렀다.

따뜻함이 선사해 주는 나른한 느낌.

이 시간엔 주민들 모두가 낮잠을 청하지만, 마법진을 지키는 이들만은 예외였다.

단 한순간도 경계를 소홀히 할 수 없는 그들은 무겁게 내리 앉는 눈꺼풀을 참아가며 전방만을 주시하고 있었다.

"십이!"

경계하던 이들 중 누군가가 입을 열었다.

자신에게 부여된 고유 번호를 말함으로써 그 방향에 침입자가 있음을 알리는 것이었다.

그 순간 장내의 공기가 달라졌다.

마치 수백, 수천 개의 바늘이 촘촘하게 솟아오른 것처럼 뾰족한 기운이 주변 일대를 장악했다.

침입자일지 아니면 방문객일지 모를 누군가를 경계하는 것이었다.

"멈춰라!"

경고의 영역에 들어온 낯선 이를 향한 외침.

다가오는 이 또한 적의가 없음을 보여 주려는 듯 양손을 하늘 높이 들어 보이며 접근 속도를 늦췄다.

길게 늘어진 그림자의 끝. 그곳에 서 있는 사내는 다름 아닌 정훈이었다.

모처럼 광택 나는 은빛 전신 갑옷으로 무장한 그는 마법진을 지키는 경비들의 요구에 따라 움직였다.

"방문 목적은?"

서로 대화할 수 있을 정도의 거리만큼 유도한 경비가 목적을 물었다.

"성내로 들어가려고 합니다."

"그렇다면 증명의 패를 보여라."

경비의 요구에 따라 조금 전 잉코아 마을 촌장에게 얻었던 마그니의 패를 보였다.

그 순간 정훈의 전면에 선 경비병의 투구 속 안광이 황금빛으로 변했다.

증명의 패가 진짜인지, 혹은 가짜인지 구분하는 마법이 안구에 새겨져 있었던 것이다.

품별 마법이 발동하면 패 속에 감춰진 식을 감지하고 진품임을 감지하는 방식이었다.

"증명의 패 확인. 들어가십시오."

얼마 지나지 않아 그것이 증명의 패라는 것을 확인한 경비가 살짝 옆으로 물러섰다.

그렇게 한 사람이 지나갈 수 있는 공간이 마련되었고, 정훈은 그곳을 향해 나아갔다.

웅웅.

바닥에 그려진 기하학적인 문양, 마법진에서 뿜어져 나오는 기운으로 인해 주변의 대기가 떨리고 있었다.

겁도 없이 그곳으로 성큼 올라가자 떨림은 더욱 심해졌다. 마치 지진이라도 난 듯 사납게 요동치기 시작한 바로 그 순간이었다.

화악.

손에 쥔 증명의 패에서 눈부신 빛이 뿜어져 나와 사위를 덮었다.

공간을 이동할 때 생기는 약간의 현기증을 겪으며 눈을 감았다 떴다.

고작 찰나에 불과한 그 순간 동안 주위 사물이 바뀌어 있음을 확인할 수 있었다.

건물을 비롯한 주변 모든 게 하얀색으로 꾸며진 백색의 성도聖都에 입성한 것이다.

"입성을 환영한다."

마치 기다렸다는 듯 그를 맞이하는 이가 있었다.

바로 전면. 그곳에 선 이는 3미터가 넘는 신장과 턱까지 내려오는 붉은 수염이 인상적인 거구의 사내였다.

'마그니의 자식 중 하나로군.'

새로운 세계가 열린 후 마그니를 비롯한 살아남은 신들은 수많은 자식을 생산했다.

그리고 눈앞에 있는 이 또한 그들 중 하나다.

그를 단번에 알아본 건 패에 새겨진 마그니를 쏙 빼닮아 있었기 때문이다.

"아버님의 영역까진 멀지 않다. 안내할 테니 한눈팔지 말고 따라올 수 있도록."

새로운 용사의 출현에 대해 이미 연락이 닿아 있었다.

이러한 절차가 익숙한 듯 정훈을 이끌고 마그니의 영역으로 이동했다.

말없이 이동하기를 10여 분.

성도의 서쪽에 위치한 마그니의 영역은 온통 붉은색으로

꾸며져 있는 또 하나의 도시였다.

지금까지 봤던 곳과는 달리 신과 거인족의 혼혈인 그들 체형에 맞게 모든 건물이 큼지막했다.

영역 내로 들어섰지만 한참을 더 걸어야 했다.

그리고 마침내 도착한 곳은 돔 형태의 건물.

"시련의 방이다."

마을의 시험을 통과했으나 아직 정식으로 일파에 속하게 된 게 아니었다.

성내에서, 그들의 영역에서 치러지는 마지막 선별 과정을 통해서 진정한 일원으로 거듭나게 되는 것.

물론 여기서 보여 준 실력과 결과에 따라 그 대우 또한 달라질 터였다.

잉코아 마을 촌장에게 미리 귀띔을 받은 바 있었던 정훈은 아무런 감정의 동요를 보이지 않았다.

그저 무심히 고개를 끄덕일 뿐이었다.

"네가 무슨 종족인지, 혹은 어떠한 목적을 가졌는지 알 바 아니다. 우리 일족은 실력을 숭배한다. 네가 지닌바 능력을 보인다면 아버님께서도 중용하실 테니 최선을 다해 시련에 임할 수 있도록."

그것이 전하는 마지막 말이었다.

미련 없이 등을 돌린 그가 순식간에 시야에서 사라졌다.

'마그니를 선택하길 잘했군.'

개인적으로 얻게 될 보상 말고도 마그니를 선택한 건 여러 이유가 있다.

그중 하나가 실력을 중하게 여기는 그의 성향 때문이었다.

출신 성분을 중하게 여기는 발더나 외부 세력의 도움을 받지 않는, 폐쇄적인 비다르와 비교하면 훨씬 빠르게 계획을 실행할 수 있을 터였다.

현재 그의 목표는 일족 내에서 입지를 다지는 것.

눈앞에 펼쳐진 시련의 방은 그 목적을 보다 빠르게 이룰 수 있도록 도와주는 계단의 역할을 하게 될 것이다.

물론 그러기 위해선 모두가 인정할 만한 힘을 보여야만 한다.

본격적으로 시련의 방에 들어가기 전 그는 무장을 바꿨다.

기이한 열기를 띤 주황색의 갑옷과 햇살을 담은 검.

그건 바로 60일 동안의 노력 끝에 얻을 수 있었던 '승리하는 자'라는 전설급 세트 무구였다.

아스가르드에서 나오는 모든 무구는 그들 역사와 관련이 깊었고, 지금 착용한 세트 또한 프레이의 권능이 담긴 것이었다.

비록 구舊 신의 힘이라 최상급이라 부를 만한 것은 아니었으나 정훈이 지닌 것 중에서는 상위의 것이라 할 만했다.

무장 착용을 마친 그가 어둠으로 물들어 있는 입구를 향해 한 발짝 나아갔다.

어둠이 그를 삼킨 지 얼마 지나지 않았을 때였다.

화악.

환한 빛이 장내를 비추었다.

그와 함께 드러난 공간은 그냥 넓디넓은 홀에 불과했다.

아무것도 없다.

마치 실내 운동장과 같이 그 어떤 장애물도 없었다.

-시련의 방에 온 것을 환영한다, 용사여.

귓가에 파고드는 음성.

한 번도 들어 본 적 없으나 그게 누구의 것인지 파악하는 건 어렵지 않은 일이었다.

마그니. 일족의 수장이자 주신의 세 후보 중 하나인 그가 이곳에 부여한 권능이 발동하고 있는 것이었다.

-이곳은 용사가 지닌 능력을 시험하기 위한 곳. 만약 감당할 수 없다고 판단된다면 뒤쪽에 보이는 초록색 원 안으로 들어가도록 하라. 그리하면 더는 시련이 용사를 괴롭히는 일은 없을 테니.

뒤를 돌아보자, 누가 봐도 눈에 띄는 녹색 원이 그려져 있었다.

'최소한의 안전장치로군.'

시련의 방식에 대해선 익히 알고 있었다.

시련의 방에 새겨진 마그니의 권능을 통해 허상이자 진상인 환영의 적이 나타난다.

물론 처음에는 약한 적부터 시작해 점차 강대한 적이 등장하는 방식이었다.

혹 감당할 자신이 없다면 조금 전 말한 녹색 원으로 돌아가 시험을 포기하면 된다.

'최대한 오래 버틴다.'

무리할 생각은 없지만, 그렇다고 쉽게 포기할 마음도 없었다.

다시 한 번 각오를 단단히 다졌다.

─부디 지닌바 가진 능력을 모두 발휘하길 바라며.

마그니의 설명은 그것으로 끝이었다.

잠시 후 정훈밖에 없던 홀 안에 나타난 건 그에겐 너무도 익숙한 상대였다.

"알프."

처음 아스가르드에 발을 들였을 때 사투를 벌인 바 있었던 토끼.

유니콘의 뿔과 천마의 날개를 지닌 이 녀석은 호시탐탐 아스가르드를 노리는 거인족들에 의해 탄생한 돌연변이라 할 수 있었다.

등장한 알프의 수는 다섯이었다.

처음에야 애를 먹었을지 모르지만, 그간 성장한 정훈의 상대가 될 순 없었다.

스팟!

비명조차 없었다. 약간의 파공음과 함께 다섯 알프의 육신이 정확히 두 동강 났다.

어둠이 지배하는 작은 골방 안.

그곳에서 확인할 수 있는 건 빛을 발하는 작은 수정구밖에 없었다.

"하암, 지겨워 죽겠네."

희미한 빛에 비친 이. 흐릿하지만 그 형체를 확인하는 건 어렵지 않았다.

쪼그려 앉아 있음에도 방의 모든 면적을 차지할 정도의 거구, 거기에 붉은 수염은 마그니의 자식임을 증명하고 있었다.

요란하게 기지개를 켠 그는 무겁게 내리 앉는 눈꺼풀을 억지로 떼어 내는 중이었다.

그럴 수밖에 없었다.

그에게 주어진 일과가 너무도 단조롭기 때문이다.

그의 일이란 건 시련의 방에서 일어나는 각종 정보를 취합해 아버지를 비롯한 일족의 중요 어른들에게 보내는 것.

물론 직접 관찰할 필요 없이 감시의 수정구를 통해 간단하게 모든 상황을 살펴볼 수 있었다.

남들은 땡보직이라며 부러워했지만, 그건 속도 모르고 하는 소리다.

'종일 방에 틀어박혀서 이것만 쳐다보고 있으니.'

좀이 쑤시는 건 당연한 일이었다.

특히 요즘 같은 경우엔 지원하는 용사의 수도 부쩍 줄어서 하는 일도 없이 그저 빈둥거리기 일쑤였다.

"그래도 오늘은 신청자가 한 명이 있긴 하네."

며칠 전 지상의 신도들에게서 연락이 왔다. 아버지를 돕게 될 용사 하나가 도착했다고.

그리고 지금 그는 그 용사의 활약을 지켜보는 중이었다.

"쯧. 척 봐도 약하게 생겼구먼."

하지만 큰 기대는 하지 않았다.

근본 없는 인간이란 종족 출신인 데다가 아무리 봐도 그리 강해 보이진 않은 탓이었다.

"이 정도면 5단계가 한계일 것 같은데."

시련의 방을 지켜본 지도 어언 120년.

당연히 안목도 늘었고, 웬만하면 그 예상이 빗나가는 일이 없었다.

그건 지금이라고 다르지 않을 것이다.

흥미로워하던 처음과는 달리 지금은 예의 그 지루함과 무심함이 담겼다.

"아, 오늘따라 왜 이렇게 졸립네. 으음, 어디 보자. 이제 1단계를 시작했으니 30분 정돈 눈을 붙일 수 있겠군."

유난히 수마의 기운을 참기가 힘들었다.

대략 30분 정도의 시간이면 시련이 끝나 있겠지.

그렇게 제멋대로 판단한 그는 옆에 마련된 작은 공간에 몸을 뉘었다.

그렇게 무심히 시간은 흘러갔다.

"으허헉!"

그건 본능이었다.

특유의 감으로 늦잠을 잔 것을 깨달은 그가 황급히 정신을 차렸다.

"어, 얼마나 지났지?"

이미 시험이 끝나 있을 터였다.

그가 재빨리 수정구를 확인했다.

얼른 시련 결과를 올려야 하기 때문이었다.

"어, 어어어?"

하지만 그 순간 그는 벌어진 입을 다물 수 없었다.

수정구에 나타난 영상, 그곳에선 전투가 한창이었다.

예상보다 훨씬 높은 15단계의 환영과 맞서 싸우고 있는 정훈의 모습이 그의 동공 가득히 자리 잡았다.

1단계 알프를 시작으로 다양한 몬스터의 환영이 정훈을 맞이했다.

불과 60일 전만 해도 사투를 벌여야만 했던 강적이었지만, 지금의 그에겐 일초지적도 되지 않는 하찮은 존재에 불과했다.

빠르고 간결한 동작은 순식간에 환영을 베어 넘겼고, 어느새 15단계의 적과 마주할 수 있었다.

"크왁!"

거친 포효가 장내를 집어삼켰다.

15단계의 시작과 함께 나타난 건 5미터가 넘는 덩치를 지닌 흑색 곰이었다.

덩치 하나만으로도 느껴지는 위압감이 어마어마한데, 거기에 몸통 부근에 달린 12개의 팔로 인해 기괴하기까지 했다.

'란보!'

분명 처음 본 괴물이나 그 위명에 대해선 귀가 따갑도록 들어서 알고 있었다.

란보.

아스가르드에 출몰하는 괴물, 거인들에 의해 타락한 짐승 중 가장 강력한 힘을 지닌 녀석이었다.

덩치에 맞지 않는 민첩한 움직임과 팔 하나하나에 깃들어 있는 괴력은 어지간한 산을 허물 정도였다.

힘과 속도, 거기에 불사가 아닐까 의심될 어마어마한 체력은 웬만한 신족들도 감당하지 못하는 수준이었다.

'여기서부터가 진정한 판별의 시작이로군.'

14단계의 적과 비교하면 갑자기 수준이 높아졌다.

그렇다는 건 지금이 진정한 시험 즉, 옥석 가리기가 시작되었다는 것을 의미하는 것.

곧장 자세를 고쳐 잡았다.

여유가 있던 지금까지와는 다르게 날카로운 기세만이 그의 주변을 맴돌았다.

"크와악!"

거슬리는 기세에 란보가 선공을 가했다.

그리고 지면을 박찬 반동을 이용해 순식간에 지척으로 접근했다.

파파팍.

12개 앞발이 사방의 방위를 점한 채 짓쳐 들었다.

대기를 으깨며 다가오는 기세가 심상치 않다.

자칫 타격을 허용했다간 뼈마디가 으스러지는 것만으론 끝나지 않을 것이었다.

"승리의 검이여, 방어의 진陣을 펼쳐라."

정훈의 손을 떠난 승리의 검이 허공에 떠올라 요란한 궤적을 그렸다.

놀랍게도 궤적 사이사이마다 란보의 앞발이 겹쳐지며 그 모든 공격을 튕겨 내는 것이었다.

그것도 단순히 튕겨 내기만 한 것뿐만 아니라 상당한 충격을 주어 찰나의 빈틈을 만들어 냈다.

허공에 떠오른 승리의 검을 낚아챈 정훈이 곧장 허리 부근을 베었다.

스윽.

'얇아!'

손안에 느껴지는 감촉이 묵직하지 않다.

이 날카로운 승리의 검, 그리고 정훈이 지닌 근력으로도 란보의 단단한 가죽을 뚫지 못한 것이었다.

"크헝!"

치명적인 상처를 주진 못했으나 분명 베었다.

좀처럼 느낄 수 없었던 화끈한 고통에 분노한 란보가 끈적한 타액을 뿜어 댔다.

옅은 보라색을 띤 타액.

그냥 지저분하기만 한 게 아니라 강력한 산성을 지닌 녀석의 타액은 닿는 모든 것을 녹일 정도로 강력하다.

정확히 얼굴 쪽을 향한 타액을 피해 상체를 숙였다.

치이이.

아슬아슬하게 머리칼을 스쳐 지나간 타액이 지면에 닿으며 요란한 소릴 냈다.

비록 허상이지만 시련의 방에서만큼은 모든 게 진짜다.

그렇기에 감히 방심이란 단어를 떠올릴 수조차 없었다.

살이 떨리는 수십 합의 공방이 순식간에 지나갔다.

불리한 건 정훈이었다.

그의 검은 란보의 가죽을 뚫지 못했다.

몇 번이나 란보의 몸을 베었지만, 별다른 타격을 줄 수 없었던 것.

물론 란보의 경우엔 작은 타격도 주진 못했으나 한 방, 한 방만 제대로 들어간다면 그대로 끝나는 싸움이었다.

전투 지능이 뛰어났던 녀석은 방어는 도외시한 채 좀 더 공격적인 공세를 펼치기 시작했다.

어차피 상대의 공격이 자신의 가죽을 뚫을 수 없다는 사실을 깨달았던 것이다.

'넘어왔군.'

하지만 이건 정훈이 노리던 바였다.

모든 거 확실한 한 방을 위한 미끼였던 것.

그리고 멍청하기 그지없는 미물은 그 미끼를 덥석 물었다.

잔뜩 힘이 들어간 란보의 공격을 흘려보냈다.

조금 전과는 사뭇 다른 움직임이었다.

확연히 보이는 상대의 빈틈을 확인한 정훈은 주문을 외쳤다.

"승리의 영광이 함께할지니."

오른손에 쥔 승리의 검에서 찬란한 빛깔의 오로라가 뿜어져 나왔다.

그냥 예쁘기만 한 효과가 아니다. 승리의 광채가 뿜어져 나온 순간 시간이 뒤틀려 적과 나와의 시간이 어긋났다.

상대는 느리게 움직이는 데 비해 나는 좀 더 빠르게 움직일 수 있는 것.

쩔그렁.

순간적으로 움직이는 그의 왼팔에서 요란한 쇳소리가 울렸다.

얇게 펼쳐진 9쌍의 황금 팔찌, 드라우프니르가 내는 소리였다.

정훈의 기를 잔뜩 머금은 승리의 검이 정확히 란보의 미간을 찔렀다.

푸욱.

승리의 광채가 주는 효과 둘.

평소보다 약 50퍼센트의 위력 상승.

거기에 존에 이른 그의 마력을 잔뜩 머금은 것은 물론 드라우프니르의 능력이 발동해 총 일곱 번의 추가 타격을 주었다.

아무리 단단한 가죽이라 해도 이 압도적인 위력을 견딜 정도는 아니었다.

살을 뚫는 섬뜩한 소리가 울려 퍼진 순간, 승리의 검이 란보의 뒤통수를 뚫고 나왔다.

그리고 아무 일도 일어나지 않았다.

치명적인 상처로 인한 사망. 사망 판정을 받은 란보의 환영은 처음부터 존재하지 않았던 것처럼 홀연히 사라졌다.

"이, 이겼어?"

한편 감시의 방에서 이 모든 것을 지켜보던 마그니의 아들, 마론은 경악을 금치 못했다.

란보가 어떤 존재인가.

거인들이 심혈을 기울여 타락시킨 괴물 중의 괴물. 웬만한 신족들에게도 버거운 상대였다.

환영이기 때문에 더 약하지 않느냐고?

모르는 소리다. 마그니의 권능을 통해 탄생한 환영은 진짜와 모든 능력이 똑같다.

그러한 사실을 너무도 잘 알고 있는 마론이었기에 쉽게 놀란 마음을 진정시키기 어려웠다.

'나도 겨우 상대하는 놈인데.'

비록 방계傍系라곤 하나 마그니의 피를 이어받은 그조차도 겨우 하나를 상대할 수 있을 정도다. 그런데 저 근본조차 알 수 없는 미약한 인간 녀석이 그걸 쓰러뜨렸다니.

"이럴 때가 아니지."

믿을 수 없지만, 실제로 일어난 일이지 않은가.

실력자의 도움이 시급한 지금 늑장을 부릴 순 없었다.

"마론입니다. 조금 전 시련의 방의 결과를 보고합니다."

'역시 이게 끝이었어.'

란보를 쓰러뜨리고서도 꽤 시간이 흘렀다.

새로운 환영이 나타날 기미가 없는 것을 봐선 예상했던 대로 마지막 시험이 분명했다.

곧 조치가 취해질 것이라 예상한 정훈은 편하게 앉아 새로운 안내인을 기다렸다.

그렇게 또 잠시간의 시간이 흐른 후…….

"용사여!"

낯선 이의 음성이 귓가를 파고들었다.

음성의 근원지를 향해 고개를 돌리자 환한 미소를 짓고 있는 거구의 중년 사내가 보였다.

양쪽으로 땋은 붉은 수염이 인상적인 그는 기존에 만났던 마그니의 자식들보다 더욱 큰 덩치를 자랑했다.

'땋은 수염이 둘. 마그니의 직계로군.'

마그니 일족의 지위를 확인하는 방법은 수염을 보는 것이다.

먼저 방계의 경우 그저 평범한 수염일 뿐이나, 직계부터는 두 갈래로 수염을 땋게 된다.

그리고 직계 중에서도 마그니에게 직접 능력을 인정받은 친위대는 땋은 수염이 셋, 오랜 세월 마그니와 함께한 이들은 장로의 직위를 부여받아 4개의 수염을 땋는다.

마지막으로 일족의 수장이자 시조이기도 한 마그니와 모디 형제의 경우에는 5개의 수염을 땋고 있었다.

지금 나타난 이는 지금껏 보지 못했던 마그니의 직계 자손으로 그만큼 정훈이 인정을 받았음을 보여 주는 대목이었다.

"활약은 익히 들었네. 아버님께서 그대를 특별히 뵙고자 하시니 나를 따라오게."

별다른 인사치레도 없이 곧장 뒤돌아섰다.

과정보단 결과를 중시하는 마그니 일족의 성향을 보여 주는 것이었다.

정훈 또한 별다른 말없이 그의 뒤로 따라붙었다.

직계 자손을 따라 도착한 곳은 주위 건물 중에서도 가장 큰 규모를 자랑하는 저택이었다.

외관 자체는 그리 화려하게 꾸며지지 않았지만, 규모 자체가 워낙 커 그것만으로도 위압감이 느껴질 정도였다.

"아버님의 부름입니다."

그건 마법과도 같은 단어였다.

저택의 주요 위치에 선 경비병은 그 한마디에 두말하지 않은 채 문을 열어 주었다.

경비 절차는 비교적 간단해 빠르게 이동할 수 있었지만, 내부가 워낙 넓은 탓에 한참 동안을 이동해야만 했다.

그건 분 단위가 아니었다.

무려 2시간을 이동한 끝에 겨우 목적한 곳에 도착할 수 있었다.

전면을 가로막고 있는 건 손잡이가 짧은 망치 문양의 대문이었다.

이 대문은 그 크기가 20미터에 육박할 정도로 거대하기 그지없었다.

"잠시만 기다리게."

정훈을 향해 기다리라고 말한 그가 숨을 크게 들이마셨다.

"아버지, 용사를 데려왔습니다."

흡사 천둥이 치듯 고함이 저택 내부를 뒤흔들었다.

바로 옆에 서 있던 정훈은 골이 띵해지는 충격에 잠시 귀를 막을 정도였다.

끼이익.

절대로 움직이지 않을 것만 같던 거대한 문이 양쪽으로 밀려났다.

그리고 문 너머의 전경이 눈앞에 펼쳐졌다.

넓은 공동.

바닥에는 붉은 카펫이 깔려 있고, 천장은 높이를 알 수 없을 정도로 높게 자리하고 있었다.

황금색으로 칠해진 거대한 기둥이 곳곳에 자리했고, 그 기둥의 간격 사이마다 동상과도 같은 거인들이 시립한 상태였다.

안내에 따라 전진하는 중에 흘깃 그들을 바라보니 땋은 수염은 4개.

모두가 일족의 장로들이었다.

양옆으로 선 그들에게서 시선을 돌려 전면을 바라봤다.

일견 평범해 보이는 무쇠 옥좌에 앉은 거인을 확인할 수 있었다.

무려 6~7미터에 달하는 신장의 장로들보다 배는 커 보이는, 그야말로 거인이었다.

다섯 개로 땋은 수염은 그의 이름을 똑똑히 뇌리에 각인시켜 주었다.

'마그니.'

세 명의 주신 후보 중 하나이자 일족의 수장인 존재였다.

'역시 장난이 아니네.'

아직 그와의 거리가 먼 데도 불구하고 느껴지는 위압감이 장난이 아니었다.

'극. 아니 그 이상일지도.'

현재 그의 능력치는 존의 초입.

물론 보너스 능력치로 인해 존의 끝에 달해 있다고 해도 과언이 아니다.

그런 그에게 느껴지는 위험 신호는 고작 한 단계 위의 수준이 아니었다.

'역시 극이 한계가 아니었어.'

예상했던 대로 극 이상의 능력치 단계가 존재한다는 것을 깨달을 수 있었다.

물론 지금은 그따위 정보가 중요한 게 아니었다.

주변 강자들이 내뿜는 기운에 후들거리는 다리를 진정시키며 앞으로 나아갔다.

그렇게 마그니의 일정 영역 안에 들어간 순간이었다.

"흡!"

보이지 않는 무언가가 내리누르는 압력에 무릎을 꿇어야만 했다.

"시련의 방을 통과했다 들었다."

독백하듯 말하지만, 그것은 물음이기도 했다.

"그렇습니다."

"흐음, 보기엔 보잘것없는 육신인 듯 보이는데. 상당히 단련을 한 모양이로군."

마그니의 입장에서 인간은 나약하기 그지없는, 개미와 같이 하찮은 존재에 불과했다.

그렇기에 란보를 쓰러뜨린 인간에 대한 흥미가 생길 수밖에 없었다.

"우리는 강자를 존중한다. 비록 네가 하찮은 일족이긴 하나 실력만 있다면 문제될 게 없지. 자, 그럼 너의 이름을 말해 보아라."

이름을 말하라는 것.

그건 특별한 의식의 시작을 알리는 것이기도 했다.

"한정훈입니다."

"한정훈. 용사 한정훈을 일족의 손님으로 받아들이는 것에 이의 있는가?"

정훈에게서 시선을 뗀 마그니가 좌중을 돌아보며 말했다.

"없습니다."

"없습니다."

공손히 시립한 장로들이 이의가 없음을 고했다.

"만장일치로군. 좋다. 오늘부터 용사 한정훈은 우리 일족의 손님으로 대우해야 할 것이다."

지금까진 이방인에 불과했다.

하지만 마그니와 장로들의 인정을 받음으로써 진정한 일족의 손님, 즉 제한 없는 생활을 시작할 수 있게 된 것이다.

"용사 한정훈, 혹 이 자리에서 나에게 바라는 것이 있는가?"

보통은 모두의 동의를 얻는 것으로 의식은 끝이 나지만, 마그니는 한마디를 덧붙였다.

그의 변덕을 이끈 건 정훈의 출신이었다.

앞서 말한 바와 같이 나약하기만 한 인간이 란보의 환영, 즉 시련의 방을 통과한 것을 어여삐 여긴 것이다.

육신의 단련을 무엇보다 중히 여기는 그의 성향이 불러일으킨 아주 작은 변덕이었다.

그리고 그 변덕은 정훈에게 절호의 기회였다.

　　"마그니 님의 자랑스러운 친위대에 들어가고 싶습니다."

　　거침없이 내뱉은 정훈의 한마디는 장내에 적지 않은 파장을 불러일으켰다.

Chapter 8

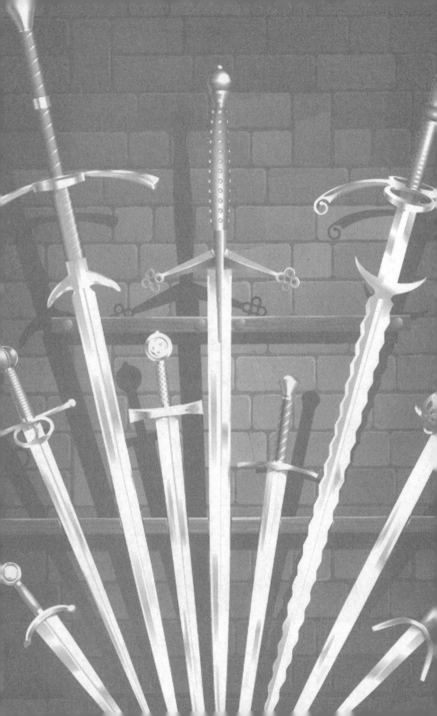

　직계, 그중에서도 엄선된 이들만이 마그니의 친위대로 배
속된다.
　하지만 정훈은 이방인, 애초에 직계라는 조건을 충족시키
지 못하는 경우였다.
　"감히!"
　"입은 함부로 놀리는 게 아니다!"
　당연히 그 반발도 거셌다.
　구구궁!
　양측으로 도열해 있던 장로들이 눈을 부라리자 장내를 감
싼 공기가 무겁게 내려앉았다.
　'큭, 괴물들 같으니.'

단순히 기세를 일으키는 것만으로 무거운 돌덩이가 내리 누르는 듯한 압박감이 옥죄어 왔다.

마그니도 그렇지만 이곳에 있는 장로들의 경지는 감히 정훈이 넘볼 수 있을 만한 게 아니었다.

하지만 아랑곳하지 않았다.

그의 시선은 오직 마그니만을 응시하고 있었다.

'바닥에서 시작할 순 없으니까.'

그들이 칭하는 용사란 단순한 이방인을 뜻하는 단어일 뿐, 일족의 가장 아래에 속한 계급이었다.

현재 정훈에게 주어진 시간은 40일.

바닥에서부터 시작하기엔 턱없이 부족한 시간이었다.

어떻게든 높은 직위부터 시작해야 목적한 바를 달성할 수 있다.

"그만!"

노한 장로들이 저마다 한마디씩 내뱉고 있을 무렵, 마그니가 오른손을 들어 보이며 정숙을 유도했다.

"……."

감히 누구의 명이라고 어기겠는가.

장내는 일순 침묵에 빠져들었다.

"친위대는 순수한 피를 이어받은 직계만이 위임되는 곳. 너는 자격이 없다."

명백한 거절이었다.

하지만 정훈은 쉽게 물러서지 않았다.

"오직 직계만이 위임된다. 그거 이상하군요. 제가 듣기론 마그니 님은 출신 성분이나 다른 건 일절 보지 않는다, 오직 일신의 실력으로만 사람을 평가한다고 들었는데 말입니다."

"잘못 듣진 않았다. 나는 그들과 달리 출신 성분을 따지지 않는다. 오직 실력만으로 모든 것을 판단하지."

"그럼 더 이상하지 않습니까? 실력만으로 모든 것을 판단하시는 분이 직계만으로 이루어진 단체를 언급한다는 게 말입니다."

사실 친위대가 만들어진 건 될성부른 싹을 일찍부터 가려내어 마그니가 직접 훈련을 시킨다는 목적 때문이었다.

그렇기에 당연히 자식, 그것도 좀 더 뛰어난 능력을 물려받은 직계만이 후보가 될 수밖에 없었고, 그것이 마치 법칙같이 지금껏 내려왔던 것이다.

오랜 세월 동안 이어져 온 절대의 법칙이었기에 누구도 의문을 제기하지 않았지만, 지금 정훈이 전면으로 반박하고 있었다.

"흐음."

정훈의 반박에 마그니는 턱을 괸 채 생각에 잠겼다.

지금껏 너무 당연하게 여기고 있었던 일이었지만, 생각하면 생각할수록 실력을 우선시하는 본인의 신념에 위배되지 않는가.

"과연 그대의 말이 옳다."

다행하게도 마그니는 꽉 막힌 이가 아니었다.

"아, 아버지!"

"설마, 저 인간을……?"

지금껏 침묵을 지키고 있던 장로들이 놀라 소리쳤다.

정훈의 말을 옳다고 하는 건 그의 친위대 배속 자격을 인정하는 것과 다름없기 때문이다.

"그렇다고 해서 네가 친위대가 될 자격이 있음을 의미하는 건 아니다."

좌중을 돌아본 마그니가 다시금 말을 이었다.

"실력. 그래. 난 실력을 중요시한다. 달리 말하면 실력도 없이 입만 산 것들을 경멸한다는 뜻이기도 하지."

수십 명의 장로가 내뿜던 기세를 가볍게 압도하는 미증유의 기운이 장내를 뒤덮었다.

그 기운의 정체는 마그니, 가볍게 몸을 일으키는 것만으로 태산이 움직이는 것과 같이 느껴질 정도였다.

"용사 한정훈, 그대는 본인이 말한 것처럼 친위대에 위임될 자격이 있음을 증명해야 할 것이다."

"명을 받듭니다."

정훈이 무릎을 꿇으며 힘껏 외쳤다.

"용사 한정훈을 비그리트 평원에 배치한다. 그곳에서 호시탐탐 아스가르드를 노리는 사악한 적들과 맞서 싸워라. 그

리고 그들을 죽인 증거를 1천 개 모아 온다면 친위대의 위임
될 자격이 있음을 인정하겠노라."

"훌륭하신 결단입니다."

처음에는 불만 가득하던 장로들에게서 미소가 피어났다.
그만큼 마그니가 내어 준 과제는 난제라 할 만한 것이었다.

'역시 쉽게 인정해 주진 않겠다 이거지.'

명을 받은 정훈이 인상을 찌푸렸다.

비그리트 평원.

신들의 황혼, 라그나뢰크가 일어난 마지막 전투 장소였다.

새롭게 태어난 신 아스가르드를 정복하기 위해 호시탐탐
기회를 엿보는 거인들의 침입 경로이자 전쟁의 흔적으로 뒤
틀려 버린 곳.

지금껏 상대해 왔던 적들과는 차원을 달리하는 힘을 지닌
이들이 수두룩한 곳이기도 했다.

"기꺼이 따르겠습니다."

내심 불만은 있었지만, 이미 명령이 떨어졌다.

불복할 순 없었기에 순순히 받아들일 수밖에 없었다.

비그리트 평원으로의 배치는 너무도 순식간에 이루어졌다.

언제든 적의 침입에 대비할 수 있도록 성도에서 평원을 잇

는 이동진이 마련되어 있었기 때문이다.

마법진을 통해 도착한 곳은 거대한 성벽으로 가로막혀 있는 이데아 성이었다.

이곳은 곳곳에서 날리는 재와 먼지로 인해 잿빛으로 변해 있었다.

"신병이로군."

마법진을 나오자 곧장 그를 맞이하는 사내가 있었다.

철 투구를 깊게 눌러 썼으나 머리칼에서 새어 나오는 황금빛 광채를 숨길 순 없었다.

'발더의 자식.'

스스로 광채를 발하는 머리칼은 발더의 자식임을 증명하는 것.

하지만 어딘가 모르게 그 색이 탁했다.

게다가 의욕이라곤 눈곱만큼도 보이지 않는 눈은 고귀한 혈통임을 자랑스러워하는 발더의 자식답지 않은 모습이었다.

"어디 보자. 용사 한정훈, 증명의 수는 1천이라……."

그는 성도에서 내려온 서류를 읽어 내려갔다.

"허어. 도대체 무슨 죄를 지었기에 증명의 수가 1천이나 되는지. 쯔쯧. 나약한 인간 주제에 정말 불쌍하기 그지없구나."

그러곤 이내 고개를 절레절레 저었다.

사실 이데아 성은 평범한 성이 아니었다.

죄를 지은 자들의 감옥. 지은 죄만큼 증명의 수라는 것을 부여받아 그것을 채우지 않으면 돌아갈 수 없는 교도소와도 같은 곳이었다.

"과연 하나라도 감당할 수 있을지. 뭐, 내가 상관할 바는 아니다만."

그리 말한 사내가 오른손을 들어 주먹을 쥐었다.

지잉.

그러자 정훈의 목 부근에 황금빛 띠가 생성되었다.

"그건 증명의 띠다. 너에게 부여된 수, 1천을 달성하면 저절로 풀리게 되지. 증명의 수를 채우지 못했을 경우에 주의해야 할 것은 하나. 이데아 성 주변 5킬로미터 이상 벗어나지 말 것. 혹 잘못해서 그 이상 멀어지기라도 했다간 펑! 무슨 말인지 알지?"

증명의 띠는 일종의 구속 도구로, 마그니와 발더 그리고 비다르의 권능이 부여된 만큼 임의로 제거하는 게 불가능했다.

"뭐, 그것 말고는 그리 주의해야 할 게 없어. 아는지 모르겠지만, 증명의 수를 채우는 일 말고는 모든 게 자유로우니까."

이데아 성을 지배하는 법규는 오직 하나, 증명의 수를 채우는 것이었다.

그것을 제외하면 그 어떤 것에도 얽매이지 않아도 된다.

"대충 설명은 끝났으니 이제 가 봐."

증명의 띠 착용이 끝났으니 더는 볼일이 없다.

가 보라는 듯 손짓하는 사내에게 고개를 끄덕여 보인 정훈은 그곳을 벗어나 성 주변을 탐색하기 시작했다.

'일단 기본적인 건 다 마련되어 있네.'

최전방이라고 하지만 일단 사람(?)이 사는 곳이다.

먹고, 자고, 입는 데 필요한 여관, 식당, 의류상 등의 다양한 상가가 마련되어 있었다.

거리를 활보하는 이들 또한 그리 적지 않았다.

마그니, 발더, 비다르의 다양한 자식들.

일족은 다르다.

그들의 공통점이라 한다면…….

'눈이 죽어 있어.'

처음 본 사내는 양반이었다.

지나가는 모든 이들의 눈은 썩은 동태의 그것처럼 죽어 있었다.

이곳의 생활이 얼마나 힘든지 단적으로 보여 주는 것이었다.

'어차피 협업할 것도 아니니.'

그들의 정신 상태가 어쨌든 알 바 아니었다.

동기도, 의욕도 없는 녀석들과 협력할 생각 따윈 없었던 것이다.

빠르게 할당량을 채우고 돌아가는 것. 오직 그 생각만으로 정훈의 머릿속은 가득 차 있었다.

당장 성 밖으로 달려 나가려던 그였지만 곧 생각을 바꿀 수밖에 없었다.

꼬르륵.

비프로스트를 시작으로 쉬지 않고 지금까지 달려왔다.

비록 능력치가 존에 달했다곤 하지만 먹지 않고는 살 수 없다. 최소한 하루에 한 끼 정도는 먹어 줘야 했다.

우선은 배를 채우기 위해 식당을 찾았고, 얼마 지나지 않아 그의 시야에 포크와 수저가 교차된 식당 팻말이 눈에 들어왔다.

건물 사이의 골목길을 통해 식당을 향해 나아가던 중이었다.

"이거 오랜만의 신참이로구먼."

"여어, 만나서 반갑다."

정훈의 앞을 가로막는 이들.

황금빛 광채를 발하는 발더의 아들 둘과 한쪽 눈이 어그러진 이, 비다르의 아들이 하나였다.

'이거 분위기가…….'

인적이 드문 골목길.

그리고 어딜 봐도 껄렁해 보이는 사내가 셋. 누구나 한 번쯤은 겪어 봤을 익숙한 상황이었다.

"신참, 네가 여기 온 지 얼마 안 돼서 모르는 것 같은데 말이야. 여기 이곳은 우리의 영역이라고."

"함부로 영역을 침범하게 되면 끽."

겁을 주듯 목을 긋는 시늉을 해 보였다.

"하지만 어디 그럴 수 있나. 같은 죄인끼리 봐주고 살아야지. 그래서 말이야. 적당한 성의를 보이면 그냥 보내 줄 수도 있을 것 같은데."

돌려 말하긴 했으나 그들의 목적은 금품갈취였다.

일명 신참 사냥.

처음 이데아 성에 온 신참을 전문적으로 노리는 경우가 많은데, 이들 삼총사 또한 그들 중 하나였다.

특히 정훈의 경우엔 어느 일족에도 속하지 않은 인간이었기에 먼저 선수를 치는 자가 임자였다.

그 증거로 기감을 확대해 주변을 살펴보자 제법 많은 이들이 이곳을 주시하고 있음을 알 수 있었다.

선수를 빼앗긴 무리도 있겠지만, 아무래도 유흥거리가 적을 수밖에 없는 이곳에서 신참이 얻어터지는 광경은 제법 괜찮은 구경거리가 될 수밖에 없었다.

'잘됐네.'

그들의 주목이 그리 싫지 않다. 어차피 한 번쯤은 부딪쳐야 하는 상황이었고, 지금 여기서 확실히 힘을 보여 준다면 더는 귀찮은 일이 생기지 않을 테니 말이다.

"뭐 하러 입을 나불대고 있어? 귀찮으니까 빨리 덤벼."

지겨운 듯 하품을 해 대던 정훈이 손을 까닥였다.

"미친 새끼!"

"오냐. 죽여 주마!"

깔보는 듯한 정훈의 말투에 분노한 셋이 동시에 달려들었다.

당장에라도 멱을 따 버리겠다는 듯 흉흉한 기세로 쇄도하던 그들이었지만 그 목적을 달성하진 못했다.

정훈의 방어 때문에? 아니, 중간쯤 다가간 그들이 무엇을 본 듯 그 자리에 멈춰 서더니 이내 뒷걸음질을 치기 시작했기 때문이었다.

"으, 으으악!"

사색이 된 그들이 돌연 반대 방향으로 도주하기 시작했다.

'뭐지?'

조금 전까지만 해도 흉흉한 기세로 다가오더니 갑자기 도주한다.

정훈으로서도 영문 모를 일이었다.

꽁지가 빠지게 도망간 삼총사가 바라본 곳을 향해 시선을 돌렸다.

성벽 위에서부터 검은 먹구름이 몰려오고 있었다.

하지만 그건 일반적으로 생각할 수 있는 먹구름이 아니었다.

녹색 기운을 머금은 검은 기운.

그것은 라그나뢰크가 남긴 흉터 중 하나인 나글파리, 망자의 군세였다.

구시대의 몰락을 이끈 전쟁, 라그나뢰크.

비록 오래된 과거에 불과하나 이 참혹한 전쟁이 미친 영향은 새로운 세상에서도 이어지고 있었다.

그 원인을 파악할 수 없는 신비한 현상. 주민들은 이러한 현상을 '라그나뢰크의 흉터'라 불렀다.

오직 비그리트 평원에서만 볼 수 있는 세 가지 현상 중 가장 빈번하게 나타나는 것이 망자의 군세, 나글파리였다.

멀리서 보기엔 검은 먹구름과 같다. 하지만 좀 더 가까이서 지켜보게 되면 이것이 죽은 자들의 손톱과 발톱으로 만들어진 배라는 것을 알 수 있다.

지금 이데아 성으로 향하고 있는 먹구름이 바로 그것이었다.

아아아.

라그나뢰크에 목숨을 잃은 망자들의 울부짖음이 대기를 통해 먼 곳까지 퍼져 나갔다.

콰앙!

곳곳에서 문을 부서져라 닫았다.

정훈을 위협하던 삼총사는 물론 거리를 활보하던 이들 모두가 집 안으로 피신했다.

그럴 수밖에 없었다.

하늘을 뒤엎을 정도의 거대한 군세, 그것도 까다롭기 그지없는 망자를 상대하는 건 달걀로 바위를 치는 격이었기 때문.

나글파리가 나타났을 때 그들이 취할 수 있는 행동은 정해져 있었다.

망자들의 눈에 띄지 않도록 건물 안에 숨어 숨을 참는 것이다.

생자들이 내뱉는 숨에는 그들의 기운이 깃들어 있다.

망자들은 이것을 감지해 내는 탓에 숨만 참는다면 무사히 재앙을 피해 갈 수 있었다.

'망자들의 군세라.'

물론 정훈도 그 악명에 관해선 익히 들어온 바였다.

정보의 중요성을 알고 있었던 그는 일신의 성장과 동시에 신 아스가르드의 중요 정보를 모아 왔고, 그중엔 나글파리에 대한 것도 있었다.

'마침 잘됐군.'

그런데도 피할 생각이 없었다.

천재지변, 재앙과도 비견되는 나글파리의 등장에도 태연한 신색을 유지했다. 아니, 도리어 그는 반기고 있었다.

그의 가장 큰 장점 중 하나가 언제나 최악의 상황을 염두에 둔다는 점이다.

그렇기에 나글파리를 대면했을 때에 대한 대비책도 마련되어 있었다.

보관함에서 짙은 녹색 액체가 찰랑대는 물약을 꺼냈다.

유령화 물약. 이 물약을 복용하게 되면 제한된 시간 동안

생자의 기운이 사라지고, 이를 대신해 망자의 기운이 가득
차게 된다.

굳이 숨을 참는 어려움 없이 간단히 망자들의 시선을 피할
수 있는 것이다.

'크으, 이건 정말 맛이 더럽단 말이야.'

한입에 유령화 물약을 삼킨 정훈이 오만상을 찌푸렸다.

보통의 물약도 그리 좋은 맛은 아니나 유령화 물약은 단연
코 최고였다.

물론 좋은 의미가 아닌, 나쁜 의미였다.

그 맛을 표현하자면 1년 동안 썩힌 음식물 쓰레기를 맛보
는 것과 같다고 할까.

한마디로 구역질나는 역한 맛이었다.

대신 효과는 확실하다.

어느새 정훈의 육신이 검고 푸른 시체의 그것과 같이 변
했다.

지속 시간인 30분 동안 언데드 몬스터에게 한해선 선공을
받지 않는 상태가 된 것이다.

이로써 적의 대규모 군세도 정훈에게 큰 위협이 되지 않게
되었다.

이어서 두 개 검을 빼 들었다.

오른손에 푸른색으로 빛을 발하는 룬 문자가 새겨진 검,
스톰브링거를, 왼손에 붉은빛의 룬 문자가 새겨진 톱날 형태

의 검, 몬블레이드를 들었다.

두 개의 검 모두 유물급에 불과하다.

현재 정훈에겐 그리 큰 효용 가치가 없는 하급의 무기였다.

물론 형제 검 세트를 갖추게 되면서 성물급 이상의 능력을 발휘할 수 있게 되었지만, 그것만으론 부족할 수밖에 없다.

검과 함께 그의 몸을 덮은 건 가시가 뾰족하게 솟은 칠흑의 갑주였다.

무려 10개 부위로 이루어진 세트 아이템 '망자의 주인'.

하나같이 유물급으로 이루어진 무구이나 모든 세트가 갖춰지면 전설급의 능력을 발휘한다.

워낙 드롭 확률이 희귀했던 탓에 정훈도 7개밖에 모으지 못했었지만, 죽은 자들의 세계에서 나머지 3개를 모으는 데 성공할 수 있었다.

모든 세트가 갖춰지자 그 위용부터가 달라졌다.

깊게 눌러쓴 검은 투구 사이로 녹색 안광이 줄기줄기 뿜어져 나왔다.

그뿐인가. 몸 주위로부터 발산되는 녹색 기운은 주변에 닿는 모든 것을 죽음의 기운으로 물들이고 있었다.

이제는 생자라곤 생각할 수 없는 기운으로 뭉친 그가 하늘을 응시했다.

망자의 군세를 태운 나글파리가 바로 머리 위에 떠 있었다.

하아.

한기가 엄습했다.

일반적으로 느낄 수 있는 추위가 아니라 등골이 오싹한 종류의 것이었다.

나글파리 주변을 가득 메운 망자들이 이데아 성 주변을 서성거리고 있었던 탓이었다.

정훈의 고개가 사방으로 돌아갔다.

첫 목표를 찾기 위한 것. 수많은 망자 중 그의 눈에 띈 건 흐릿한 형상을 한 여자 유령, 밴시였다.

원한이 가득 찬 울음소리로 상대를 죽음에 이르게 만드는 강력한 괴물.

물론 지금의 정훈에겐 적 하나 인지하지 못하는 머저리에 불과할 뿐이었다.

주변 상황을 살피던 그가 밴시를 향해 다가갔다.

그 목표가 되는 기준은 간단했다. 최대한 다른 망자들과 멀리 떨어져 있을 것.

아무리 같은 망자의 기운을 지니고 있다지만, 공격 행위를 하게 될 경우 인접한 주변 적들이 적으로 인지하기 때문이다.

다행하게도 밴시는 다른 망자들과 멀리 떨어져 있어 안심하고 다가갈 수 있었다.

'이 정도면 거저먹기지.'

아무런 방해 없이 다가간 정훈이 스톰브링어를 들어 밴시의 몸통에 꽂아 버렸다.

푸욱.

형체가 없는 유령일진대 검을 통해 저항감이 느껴졌다.

그런데 놀라운 건 그것만이 아니었다.

아아.

구슬픈 울음 소리를 내뱉은 밴시의 형체가 스톰브링거의 룬 문자 속으로 빨려 들어가기 시작한 것이었다.

이는 스톰브링거와 몬블레이드가 지닌 특수성 때문이었다.

본래 이 두 검은 영혼을 흡수하는 마검, 영혼 그 자체로만 이루어진 밴시를 흡수하는 건 당연한 현상이라 볼 수 있지 않을까.

'유물급에 불과했다면 불가능했을 테지.'

고작 유물급에 불과했다면 밴시에게 적당한 타격을 주는 것으로 끝났을 터였다.

하지만 지금 정훈은 망자의 주인 세트를 갖추고 있었다.

이 세트의 효과 중 하나가 두 개 검의 능력을 증폭시키는 것이다.

영혼 흡수 능력 또한 증폭되어 상위의 몬스터인 밴시를 흡수하는 게 가능했던 것.

얼마 지나지 않아 밴시의 형체가 스톰브링거에 모두 흡수되었다.

그러자 검날에 새겨진 푸른색 룬 문자가 더욱 선명한 빛을 띠었다.

영혼을 흡수하면 흡수할수록 이 저주받은 마검 형제의 능력은 더욱 상승한다.

죽음의 기운과 상극인 빛의 무구를 착용하지 않은 것도 바로 이와 같은 이유 때문이었다.

주변에 널린 망자들, 그것도 대부분이 영혼 에너지로 뭉쳐진 종류뿐이다.

모두는 무리일지라도 이들의 기운을 흡수할 수 있다면…….

'30분이 지나기도 전에 목표량을 채울 수도 있겠어.'

조금 전 밴시를 처치하면서 증명의 수가 하나 채워졌다.

이들 또한 증명의 수에 포함된다는 뜻이며, 죽이면 죽일수록 정훈의 능력은 더욱 강화된다.

그야말로 도랑치고 가재 잡는 격이다.

한껏 고무된 정훈이 주변을 서성이는 적들을 처리하기 시작했다.

물론 행동은 신중했다. 최대한 홀로 떨어진 녀석들 위주로 노렸다.

사냥은 무척 수월했다.

인지하지도 못하는 녀석들의 등 뒤로 다가가 검을 쑤시면 되는 일이기 때문이다.

그렇게 얼마간 망자들을 사냥하던 그의 행동이 멈췄다.

주변을 돌아보았다.

하지만 아무리 두리번거려도 홀로 떨어진, 망자를 발견할 수 없었다.

최소한 수십의 무리를 지은 적들만이 눈에 띌 뿐이었다.

아무리 정훈이 발전했다고 해도 수십의 망자들을 상대할 순 없는 일이었다.

'아슬아슬하게 목표량은 달성했군.'

잠깐 사이 증명의 수 200을 달성했다.

고작 30분이 지나기 전에 이룩한 성과였으나 아직 800이라는 수가 남아 있었다.

하지만 그는 실망하는 일이 없었다. 30분 안에 1천을 달성하기란 무리였기 때문이다.

웅웅.

200, 그것도 강력하기 그지없는 망자들의 기운을 흡수한 두 개의 검이 거칠게 검명을 토하고 있었다.

애초에 그의 목적은 따로 있었다.

그가 알 수 없는 미소를 짓고 있는 바로 그때였다.

꺄아아!

사방으로 원한에 찬 비명이 울려 퍼졌다.

마침 유령화 물약의 효과가 다했고, 이제 정훈을 인지한 망자들이 사납게 달려들고 있었던 것이다.

이데아 성 주변은 물론 나글파리에 머물러 있던 수천, 수만의 망자들이 달려드는 그 모습은 보는 것만으로도 소름이 끼칠 정도였다.

'그래. 와라. 좀 더, 좀 더!'

긴장한 모습이 역력한 정훈은 때를 기다리는 중이었다.

최대한 가까이, 그리고 많은 망자가 자신에게 접근하기를 말이다.

그의 바람대로 셀 수 없이 많은 망자가 생자의 기운을 빨아들이기 위해 접근한 바로 그 순간…….

"망자의 주인이 명하노라."

스톰브링거, 그리고 몬블레이드를 하늘 높이 치켜든 정훈이 시동어를 외쳤다.

고오오오오.

그간 마검에 쌓여 있었던 강대한 죽음의 기운이 사방으로 방출되었다.

그 기운에 깃든 건 단순히 강력함을 넘어서 어떠한 의지를 품고 있었다.

"나에게 복속하라!"

그 의지란 바로 복속의 명령.

죽음의 기운을 지닌 존재라면 감히 항거할 수 없는 종류의 것, 망자의 주인 세트가 지닌 최후의 능력인 '망령 복속'이었다.

일정 반경 내에 있는 망자들을 복속시켜 아군으로 만든다.

본래는 그 범위가 지극히 제한되는 편이나 200이나 되는 강력한 영혼을 흡수한 덕분에 상당히 범위를 넓힐 수 있었다.

정훈을 향한 망령 전부를 복속시키는 건 불가능했지만, 적어도 수천의 망령들을 복속시키는 데 성공할 수 있었다.

끼아.

곧 망자들의 전투가 시작되었다.

정훈의 아군이 된 망자 수천과 나글파리에 명령을 받는 망자들의 전투.

비록 아군의 숫자가 확연히 떨어지는 편이나 정훈에겐 그리 상관없는 일이었다.

증명의 수가 빠른 속도로 올라가고 있었다. 잠깐 사이 벌써 300이나 되는 수를 채울 수 있었다.

횡재는 그것만이 아니었다.

복속된 망자들의 공격은 정훈의 공격으로 인정되어 주위에 수많은 전리품이 떨어지고 있었다.

나글파리의 망자들은 신족들조차 감히 맞상대할 수 없을 만큼 강력한 존재들이니 당연히 그 전리품 또한 수준이 높았다.

'다이아!'

5티어인 다이아 주사위가 마구잡이로 떨어졌다.

게다가 직접 나설 필요도 없다.

정훈은 그저 싸우는 것을 지켜보다가 떨어지는 전리품을 줍기만 하면 되는 되었다.

꽤 많은 망자가 복속된 탓에 그 싸움은 한동안 계속되었다.

대략 20분이 지나갈 무렵, 정훈에게 복속된 망자들의 수가 눈에 띄게 줄어들었다.

　아무래도 수적으로 열세였던 탓에 그 차이를 극복하지 못한 것이었다.

　20분이라도 버틴 게 어찌 보면 기적이라 할 만했다.

　하지만 줄어드는 망자들을 보면서도 정훈은 여유롭기 그지없었다.

　어느새 채워야 할 증명의 수는 모두 채운 데다가 두둑한 전리품 또한 손에 넣을 수 있었기 때문이다.

　"더는 볼일은 없을 것 같네."

　증명의 띠가 황금빛으로 번쩍이고 있었다.

　부여된 수를 모두 채웠다는 의미였다.

　지금 정훈이 해야 할 일은 하나.

　"증명의 끝을 알린다."

　증명의 띠에 부여된 마법은 두 가지다.

　도주하지 못하도록 구속하는 것과 언제든 증명의 수를 다 채울 경우 공간 이동할 수 있는 마법이었다.

　곧 정훈을 휘감은 황금빛 광채가 하늘 높이 솟구쳤다.

　광채가 사라지고 난 자리. 그곳에 정훈의 모습은 찾아볼 수 없었다.

　사실 마그니는 정훈을 안중에 두지도 않고 있었다.

　그답지 않게 바라는 점을 말하라고 했던 것도 단순한 변덕이었다.

그를 비그리트 평원에 보내고 난 후엔 존재 자체를 깡그리
잊어버릴 정도였다.

"다시 한 번 말해 보거라. 뭐라?"

하지만 다급히 찾아온 일곱 번째 아들, 7장로의 보고에 희
미해져 가던 그를 다시금 떠올릴 수밖에 없었다.

"그 인간이 증명의 수를 채웠다고 합니다."

"그 인간이라 하면……."

"용사 한정훈입니다, 아버지."

웬만한 일엔 눈 하나 꿈쩍하지 않는 담대한 성격의 소유자
지만 마그니는 지금 굉장히 놀라는 중이었다.

평소보다 더욱 커진 동공이 그것을 증명하고 있었다.

"내가 너무 늙었나. 기억하기로 인간이 비그리트 평원으
로 떠난 지 이제 겨우 3~4시간 지났을 텐데?"

"정확히 2시간입니다. 아버지."

"그래. 2시간. 고작 2시간 만에 1천 명이나 되는 적을 처치
했다고?"

"그렇습니다."

일일이 대답은 해 주고 있으나 보고하는 7장로, 마젤란 또
한 어안이 벙벙한 모습이었다.

이데아 성은 타고난 권능을 지닌 직계에게도 위험한 지역
으로 구분되는 곳이었다.

그런데 직계도 아닌 나약한 인간이 1천 명의 적을, 그것도

고작 2시간 만에 이루어 내다니.

직접 보고서를 작성한 그도 믿을 수 없기는 매한가지였다.

"결과에 대한 조작은?"

"없습니다. 그렇지 않아도 의심이 들어 제가 직접 조사를 마쳤습니다. 도착해서 적을 처치하기까지 모든 과정에 조작의 흔적이나 외부의 개입은 없었습니다."

마젤란은 수많은 마그니의 자식 중에서도 가장 뛰어난 두뇌의 소유자다.

특히 냉철하고 계산적인 그 성향은 사소한 실수를 절대 놓치는 법이 없다.

다른 이라면 몰라도 그의 말은 신뢰할 만한 가치가 있었다.

"흐음, 그 정도로 실력이 있어 보이진 않았는데."

마그니는 조금 전의 만남을 떠올렸다.

분명 인간치곤 괜찮은 기세를 풍기고 있었으나 친위대의 아이들과 비교하면 부족한 면이 많았다.

그렇게 생각하고 있었건만 정작 그 인간은 친위대의 상위 그룹 아이들도 해내지 못할 일을 해냈다.

"내 안목이 흐려진 건가?"

그의 시선이 마젤란에게 향했다.

"당치도 않습니다. 제가 보기에도 용사 한정훈이 지닌 힘은 친위대에 비할 바가 아니었습니다."

괜히 위한답시고 한 말은 아니었다. 실제로 그 자리에 있던 모든 장로는 마그니와 같은 생각을 하고 있었다.

"어찌 됐든 내가 부여한 임무를 완수하긴 한 모양이로군."

여러 의구심이 떠올랐으나 이내 지워 버렸다.

실력을 숨겼건, 기적이 일어났건 그건 알 바가 아니다.

어찌 됐든 용사 한정훈은 부여한 임무를 훌륭히 완수했고, 이제 그가 약속을 지켜야 할 차례였다.

"용사 한정훈을 내 앞으로 데려오너라."

"그 말씀은?"

"약속은 약속. 그를 내 친위대에 임명하겠다."

이례적인 일이긴 하나 한 번 내뱉은 말을 지키지 않을 정도로 옹졸한 사내가 아니었다.

"그리하겠습니다, 아버지."

미천하기 그지없는 인간 따위를 친위대라는 영광스러운 자리에 앉히다니. 비록 불만은 많았으나 어떠한 첨언도 하지 않았다.

누구보다 아버지의 성격을 잘 알고 있기 때문이었다.

한 번 결정한 일에 번복은 없다.

깊숙이 부복하며 대답한 마젤란이, 자리를 떠났다.

"으음. 인간이라……."

마젤란이 떠나간 자리.

턱을 괴고 앉은 마그니의 얼굴에 언뜻 고뇌의 빛이 스치고 지나갔다.

비그리트 평원에서 성도, 마그니의 영역으로 돌아온 정훈은 할 짓 없이 대기만 하는 중이었다.

그도 그럴 게 맞을 준비가 전혀 되어 있지 않았기 때문이다.

고작 2시간 만에 증명의 수를 채울 줄이야 누가 짐작이나 했겠는가.

이 때문에 확인해야 하는 상황과 이에 대해 보고가 길어졌고, 그 시간은 1시간에 달했다.

"용사 한정훈."

그렇게 1시간이 지났을 무렵 기다리던 호명이 왔다.

소리의 근원지로 몸을 돌리자 냉랭한 표정의 거인을 볼 수 있었다.

'장로?'

4개로 땋은 수염, 마그니와 함께했던 24명의 장로 중 하나였다.

'그새 많이 성장했네.'

본인의 성장이 기쁘기 그지없다.

처음 이곳에 왔을 때만 해도 고작 방계의 안내를 받았었다.

하지만 그 처지는 직계에서 곧장 장로까지 올라갔다.

마그니 진영에서 자신의 직위가 얼마나 올라갔는지 새삼 깨달을 수 있는 부분이었다.

"따라오라."

한 마디를 내뱉은 장로, 마젤란이 뒤돌아섰다.

황송한(?) 장로의 안내를 받아 도착한 곳은 예전의 알현실이 아니었다.

거대한 평야와 같이 끝을 알 수 없이 펼쳐진 연무장.

한쪽에는 수백 명에 달하는 마그니의 직계가 오와 열을 갖춰 서 있었다.

정훈의 안광이 번뜩였다.

질서정연하게 선 그들이 수염을 3개로 땋고 있음을 확인했기 때문이다.

고요한 기세를 담은 그들의 정체는 다름 아닌 마그니의 친위대였다.

마젤란과 정훈이 그들 사이를 스치고 지나갔다.

이 중요한 자리에 와 있는 인간이 궁금할 법도 하건만 누구 하나 눈짓을 주지 않았다.

그저 전면, 앞에 선 형제의 뒤통수만을 바라볼 뿐.

'휘유, 장난이 아닌데.'

정작 정훈을 놀라게 한 건 그 의지가 아니었다.

고요하다 못해 적막할 정도로 정제된 기운에서 느껴지는 압박감이 보통이 아니었다.

물론 마그니나 장로에 비할 바는 아니었지만, 수백 명의 친위대가 내뿜는 기세는 정훈의 몸을 떨게 할 정도의 것이었다.

겉으로는 아무렇지 않은 척 의연하게 걸어갔으나 그들 하나하나가 자신과 비등한 혹은 그 이상의 경지에 달해 있음을 깨달을 수 있었다.

"여기서 잠시 대기해라."

마젤란이 멈춘 곳은 친위대가 열을 맞춰 선 곳의 약간 앞쪽이었다.

마젤란 또한 그의 옆에 서서 누군가를 기다렸다.

잠시간의 시간이 흐르고……

"위대한 아버지, 마그니!"

마젤란이 힘차게 선창했다.

"위대한 아버지, 마그니여!"

주변을 쩌렁쩌렁 울리는 친위대의 외침과 함께 초대형 거인, 마그니가 모습을 드러냈다.

쿵쿵.

옥좌에 앉아 있을 땐 실감하지 못했는데, 막상 몸을 일으킨 그의 덩치는 상상을 초월했다.

말 그대로 작은 산 하나가 걸어오는 듯했다.

"되었다. 모두 편히 들도록 해라."

큰 보폭으로 순식간에 친위대 근처로 다가온 그가 말을 이어 갔다.

"오늘은 경사스러운 날. 너희에게 새로운 형제를 소개할까 한다."

가타부타 설명 없이 곧장 본론을 꺼낸 마그니의 시선이 정훈에게 향했다.

"용사 한정훈, 이제 그대는 손님의 자격인 용사가 아닌 나의 친위대로써 우리의 형제가 된다."

담담히 내뱉는 말.

그 순간 한 점 동요를 보이지 않던 장내에 약간의 소란이 생겼다.

"친위대?"

"저 인간이?"

나약한 인간이 형제, 그것도 자랑스러운 친위대의 일원이 되다니.

어떠한 사전 정보도 듣지 못한 그들이 놀라는 건 당연한 일이었다.

"조용!"

그 소란을 정리한 건 마젤란이었다.

"감히 아버지가 말씀하시는데 누가 소란을 피우는 것이냐. 네놈들이 그러고도 아버지의 친위대라 할 수 있느냐!"

마젤란에게서 뿜어져 나온 벼락과도 같은 기운. 그것은 수백의 친위대를 가볍게 압도할 정도로 강대한 것이었다.

"……."

냉혈한으로 유명한 마젤란이다.

괜히 그의 눈에 밉보였다간 피를 나눈 형제라 해도 무사할 순 없다. 모두가 그 사실을 알고 있기에 그저 침묵할 수밖에 없었다.

"예외적인 일이란 건 나도 알고 있다. 하지만 나의 신념이 무엇이냐. 합당한 실력을 지닌 자는 마땅히 그에 맞는 대우를 해 줘야 하는 법. 용사 한정훈, 아니, 우리의 형제 한정훈은 나의 친위대에 임명될 정도로 뛰어난 실력을 지닌 이다."

실력이 곧 전부다.

이것이 마그니 일족을 지배하는 신념이었다.

대다수가 그 말에 고개를 끄덕였다.

유달리 자부심 가득한 한 명을 제외하면 말이다.

"이의 있습니다."

마그니의 말이 끝나기 무섭게 옆으로 나서는 이가 있었다.

친위대의 상징인 세 개로 땋은 수염과 그 위 얼굴에 가득한 검상이 흉측하다.

특이한 건 검상만이 아니라 다른 친위대와 비교해 너무도 작디작은 체구.

갑옷이 아닌 가벼운 티셔츠와 같은 천 옷을 걸치고 있는 특이한 인물이었다.

"마탄이로구나."

이곳에서 정훈을 제외하면 모두가 그를 알고 있었다.

친위대의 문제아이자 자랑.

상반된 두 가지를 모두 지닌 그는 마탄. 친위대의 상위 십

석十席 중 일석一席에 자리한 최강자였다.

"내 말에 이의가 있다고?"

조금은 노한 시선이 함께한다.

다른 이라면 주눅이 들어 말도 꺼내지 못하겠지만, 마탄은 달랐다.

"네. 아버지의 말에 전적으로 동의할 수가 없어서 말이죠."

"동의할 수 없다? 어떤 부분에 대해 말이냐."

"저 녀석이 친위대에 들어갈 정도의 실력이 있다는 부분입니다."

마탄의 손가락이 정훈을 가리켰다.

명백히 적의가 가득한 시선을 한 채 말이다.

"그는 내가 부여한 임무를 무사히 완수했다. 그것은 비그리트 평원에서 1천에 달하는 증명의 수를 달성하는 것. 고작 2시간 만에 달성한 이 임무에 이의를 가질 수 있단 말이냐?"

"2시간?"

"그 비그리트 평원에서?"

삽시간에 동요가 장내를 휩쓸었다.

비그리트 평원의 적이 얼마나 강력한진 모두가 알고 있다.

그런 적을 1천 명이나, 그것도 고작 2시간 만에 이루었다 하니 놀라지 않을 수 없었다.

"그게 문제인 겁니다, 아버지. 그저 운이 좋았거나 내부에 조력자가 있어 조작할 수도 있는 일 아닙니까?"

나약한 인간 따위가 친위대의 누구도 쉽게 해내지 못할 일을 해냈다.

　마탄이 지적하는 부분은 모두가 한 번쯤은 의심할 수 있는 부분이었다.

　"건방지구나. 이번 일은 내가 직접 조사한 일이다. 내 안목을 비웃을 셈이냐?"

　중간에 끼어든 마젤란이 무시무시한 눈으로 마탄을 응시했다.

　이번 일은 그가 주관한 일.

　지금 마탄은 자신이 한 일에 실수가 있을 수 있다고 말하고 있는 것이었다.

　"아아, 그런 건 아닙니다, 형님. 그저 확신을 원할 뿐입니다. 그가 친위대의 자격이 있는지 없는지에 대한 확신 말입니다."

　사나운 기세에 살짝 물러섰다.

　아무리 막나가는 입장의 그도 마젤란은 조금 꺼려지기 때문이었다.

　"확신이라……. 그 확신은 어떻게 얻을 셈이냐?"

　드디어 원하던 대답이 나왔다.

　"친위대의 일석인 저와의 결투만큼 확실한 게 어디 있겠습니까."

　씽긋 웃어 보인 그가 거침없이 대답했다.

"지금 그걸……."

"아아, 되었다."

마젤란이 반박하려는 순간 마그니가 제지했다.

"충분히 일리 있는 말이다. 친위대의 자격을 같은 친위대
가 증명한다. 비록 나의 자식들이긴 하나 그들의 동료를 정
하는 일. 내가 함부로 정하는 것도 우스운 일이지."

사실 마그니의 속내도 다른 이들과 그리 다르지 않았다.

뱉은 말이 있어 약속을 지키는 모습을 보여 줬을 뿐, 웬만
해선 예외를 만들고 싶지 않았던 것이다.

애초에 비그리트 평원에 보낸 것도 당연히 임무를 완수하
지 못할 거라는 확신이 있었기 때문이다.

비록 그 확신은 빗나갔지만, 지금이라도 바꿀 수 있다면
얼마든지 환영이었다.

마침 마탄이 이의를 제기한 덕분에 일이 수월하게 풀리고
있었다.

"용사 한정훈, 그대의 생각은 어떤가?"

마그니는 정훈을 지긋이 바라보았다.

'아주 염병을 하세요.'

권유하는 것처럼 보이지만, 협박이나 다름없다.

이렇게 흘러가도록 상황을 만들어 놓았는데, 이를 거부하
기라도 하면 좋은 꼴을 보기는 힘들 것이다.

'하긴, 저런 놈과 정면으로 붙으면 힘들긴 하지.'

그 자신감의 발로가 어디서 나온 건진 너무도 뻔하다.

마탄. 친위대의 일석이라는 지위답게 정후과는 현격한 차이를 보이는 경지에 닿아 있었다.

그를 상대로 좋은 모습을 보이기란 사실상 불가능한 일이다.

'아니. 니들이 생각하지 못하는 게 하나 있지.'

바로 그들 종족이 '거인'에 속한다는 것을 말이다.

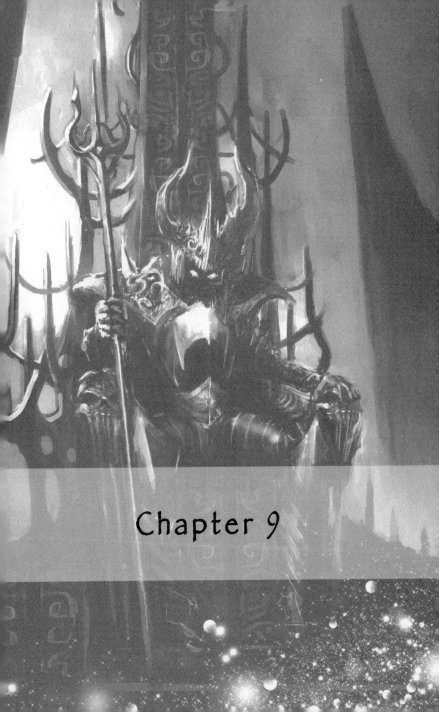

Chapter 9

정훈이 지닌 자신감의 원인은 마그니 일족 모두가 거인에 속한다는 점이었다.

죽은 자들의 세계, 그곳에서 기간테스를 처치하고 얻은 언령의 효과 중엔 거인의 추가 피해가 있다.

이때 획득한 3개 언령을 모두 합하면 무려 55퍼센트의 피해 상승효과를 얻을 수 있다. 물론 고작 50퍼센트의 피해 상승만으로 확신을 품을 정훈이 아니었다.

어느새 몸을 감싸고 있던 장비가 교체되었다.

오른손에 양의 뿔을 닮은 듯한 검 부르트강이, 왼손엔 길쭉한 뿔피리 갈라르호른을 들었다.

양털을 짠 듯한 모피 갑옷이 몸을 감싸고 있었는데, 이 모든 무장은 하나의 존재를 연상케 했다.

비프로스트의 파수꾼, 헤임달.

구 아스가르드의 신 중 하나.

비프로스트의 끝 히민뵤르그 산에 거주하면서 침입자를 감시하는 역할을 담당하던 이였다.

단순한 문지기로 볼 수 있으나 그의 무력은 수많은 신 가운데서도 최상위에 속할 정도였다.

그 무력을 가장 쉽게 알 수 있는 게 마지막 전투인 라그나뢰크다.

신들의 멸망을 이끈 이 전쟁에서 그는 수천의 거인들을 물리쳤고, 마지막에는 이 모든 일의 원흉인 로키마저도 쓰러뜨린다.

그야말로 믿을 수 없는 일이었다.

이 믿기지 않는 광경에 적과 아군에 상관없이 모두가 그를 '거인 학살자'로 부르게 되었다.

지금 정훈이 착용한 게 바로 거인 학살자 세트였다.

거인과의 전투에서 탁월할 정도의 능력을 발휘하는 특수 무장인 것이다.

이것만으로도 거인에 관해선 전문가라 부를 만하다.

'이 정도론 무리지.'

그래도 정훈은 좀처럼 만족할 줄 몰랐다. 그만큼 일석의 마탄과 그의 차이는 현격한 것이었다. 이 차이를 좁히기 위해선 더 많은 준비가 필요한 건 당연지사다.

"왜 대답이 없는가."

재차 묻는 마그니의 물음에 준비를 일단락한 정훈의 입술이 열렸다.

"결투 도중 어떠한 불상사가 일어나더라도 책임은 없는 겁니다."

얼굴은 웃고 있었으나 내뱉은 말은 다분히 도전적이었다.

불상사에 대한 책임은 없다.

쉽게 말해 상대를 죽여도 간섭하지 말라는 뜻이었다.

"하!"

정훈의 도발에 마탄이 코웃음 쳤다.

"누가 할 소리. 괜히 나중에 살려 달라 빌지나 마라."

정훈이 그 말에 대답하는 일은 없었다.

그저 은근한 눈길로 마그니를 응시할 뿐이었다.

"좋다. 서로의 명예를 건 결투. 목숨을 거는 게 당연한 일이지."

그 시선의 의미를 눈치채지 못할 정도로 둔하지 않다.

마그니는 결투 도중 어떠한 개입도 허락하지 않도록 못을 박았다.

'자만심이 과하구나. 그것이 네 무덤이 될 것이다.'

물론 속마음은 마탄의 패배를 안중에도 두지 않고 있었다.

친위대에서도 가장 아끼는 자식이 마탄이다.

불같은 성정과 여러 사건 사고를 일으키는 반항기를 제외하면 그 실력에 의심할 여지는 없다.

말 그대로 장래가 촉망받는 인재.

장로 위임은 당연시되고 있으며 차기 수장으로도 꼽힐 정도의 유능한 인재가 아닌가.

그 어떤 수를 쓰더라도 정훈이 이길 일은 없다. 마그니를 비롯한 장내 모두가 그리 생각하는 건 당연한 일이었다.

'그래. 지금은 콧방귀를 뀌고 있겠지.'

마그니의 속마음을 읽은 정훈이 도리어 코웃음 쳤다.

이제 조금 있으면 벌어질 일에 그들의 표정이 어떤 식으로 변하게 될지 궁금했다.

"나 마그니가 선언하노니. 마탄과 한정훈의 결투엔 그 누구의 개입도 있어선 안 된다. 만약 이를 어길 시 그 누구라도 나의 분노를 피하지 못할 것이다."

"지엄한 명을 따릅니다."

모두가 한마음 한뜻이 되어 외쳤다.

이제 남은 건 둘의 결투. 정훈은 미처 다하지 못한 준비로 바빴다.

보관함을 열어 회색, 그리고 은색으로 반짝이는 물약 2개를 꺼냈다.

회색 물약은 베오울프의 광기, 은색 물약은 디트리히의 살해라 칭해지는 전설급 물약이었다.

각기 거인이 주는 모든 피해 방어 30퍼센트와 거인에게 주는 피해 30퍼센트 상승하는 효과.

패의 능력치에선 하나의 전설급 물약을 복용하는 것으로 중독도가 한계가 되었으나 지금은 존에 이른 상황이다.

아슬아슬하게 전설급 물약 2개를 복용할 수 있었다.

마지막 단추인 2개 물약마저 복용한 그는 그 옛날 거인 학살자라 칭해지는 해임달보다 더욱 뛰어난 거인 전문가가 되었다.

"결투를 시작하라!"

입문자인 정훈의 상태를 채 파악하지 못한 마그니가 결투를 선언했다.

정훈의 도발에 잔뜩 흥분한 상태인 마탄, 그가 막 움직이려던 찰나였다.

"나의 뿔피리가 울려 퍼지니, 거인들이 무릎을 꿇는구나."

정훈이 선수를 쳤다.

왼손에 든 뿔피리를 입에 가져다 대어 힘껏 바람을 불었다.

뿌우웅.

마법의 힘이 깃든 뿔피리 소리가 아스가르드 전역에 울려 퍼졌다.

"으아아!"

그 순간 장내에 있던 대다수가 고통을 호소하며 비틀거렸다.

경지가 대단한 마그니나 마젤란의 경우 그저 인상을 찡그리는 정도였지만, 그에 미치지 못하는 친위대 몇몇은 비틀거리다 못해 쓰러질 정도였다.

걀라르호른이 지닌 힘이었다. 이 뿔피리는 거인족의 내부를 뒤흔들어 강렬한 고통을 준다.

"허튼짓!"

내부를 흔드는 고통에 잠시 주춤하던 마탄이 재차 움직였다.

하지만 그의 동작은 조금 전과 비교해 확연히 굼떴다.

걀라르호른이 일으킨 건 고통만이 아니다.

거인의 시신경을 마비시켜 모든 속도와 관련한 능력치를 30퍼센트 하락시킨다.

마탄 또한 거인족. 당연히 그 현상을 피해 갈 수 없었다.

효용이 다한 뿔피리를 집어 던지고 부르트강을 양손으로 쥐었다.

'이젠 해볼 만하다.'

자신이 준비한 모든 것을 다 발휘하고 나서야 비로소 움직이기 시작했다.

달려오는 마탄을 향해 마주 달려갔다.

눈 깜짝할 사이 서로의 공격 간격으로 진입한 두 사람의 손이 번뜩였다.

카앙!

마탄이 지닌 건 거인의 검, 트롤스베르드. 강력한 파괴력을 품은 검과 부르트강이 부딪치며 불똥이 튀었다.

정직하기 그지없는 힘과 힘의 대결에서 밀려난 건 정훈이었다.

거인족의 특징이라 하면 선천적이 괴력을 들 수 있다.

아무리 보너스 능력치의 도움을 받는 정훈이라 해도 그 힘을 감당할 순 없었다.

'크으.'

저릿저릿한 손의 고통을 참았다.

꽤 손해를 봤음에도 그의 안광은 예리하게 빛나고 있었다.

마치 대단한 무언가를 발견한 탐정의 그것처럼 말이다.

한결 여유로운 표정의 마탄은 재차 검을 휘두르며 기세를 이어 가고자 했다.

한 번 손해를 봤으니 피하거나 흘리지 않을까.

하지만 정훈이 택한 건 정면대결이었다.

카카캉.

그건 어떠한 기교도 섞지 않은 힘의 대결이었다.

계속된 충돌에 정훈의 손아귀에서 핏방울이 흘러내렸다.

마탄의 괴력을 무리하게 받아내면서 검을 잡은 손아귀가 찢어지고 만 것이다.

평소 영악한 전투 방식을 고수하던 정훈은 미련할 정도로 정면 대결만을 고집하고 있었다.

'그렇다면.'

혹 무슨 속임수가 있지 않을까 경계하던 마탄은 마음을 놓았다.

굳이 힘 대결을 고집한다면 마다할 이유가 없었다.

웅웅웅.

견제의 목적이 아닌 전력을 담았다.

그 엄청난 기운을 받은 트롤스베르드가 요란한 검명을 토하며 진동했다.

그 광경을 지켜본 정훈 또한 마찬가지.

마치 최후의 일격을 준비하는 듯 부르트강에 모든 마력을 쏟아부었다.

휘오오.

두 존재가 일으킨 기운이 주변에 소용돌이를 일으켰다.

'정말 무식할 정도의 힘 싸움이다.'

그 전투를 지켜본 모두가 그리 생각했다.

하지만 힘을 숭상하는 마그니 일족의 특성상 그게 그리 미련해 보이진 않았다.

오히려 바라 마지않는 전투의 한 장면이었다.

"흐압!"

모든 것을 쏟아내듯 힘찬 기합성을 터뜨린 둘이 마침내 격돌했다.

빠캉!

그리고 그 힘을 이기지 못한 무기가 마침내 부러지고 말았다.

"이런!"

"말도 안 돼!"

드러난 상황에 모두가 경악했다.

당연히 승자는 마탄이어야 했다.

하지만 정작 무기를 든 채 웃고 있는 건 정훈이고, 망연자실한 표정으로 부러진 검을 바라보는 건 마탄이었다.

"이, 이건……."

무기가 부러지며 허리에 깊숙한 검상을 입었다. 하지만 지금은 그 어떤 고통도 그의 의문보다 우선일 순 없었다.

도대체 왜. 왜 상대가 아닌 자신의 트롤스베르드가 부러졌단 말인가.

'너희가 상성 시스템을 제대로 파악하고 있을 턱이 없지.'

입문자가 이계의 주민보다 유일하게 나은 점이라면 시스템을 적절히 이용할 수 있다는 점이다.

이 세계를 지배하고 있는 시스템 중 가장 중요한 하나가 속성의 상성에 관한 것이다.

정훈이 지닌 부르트강의 경우 거인의 기운과는 상극의 성질을 지니고 있다.

그런데 하필이면 마탄이 검 트롤스베르드는 거인의 기운으로 응축된 것이었다.

단지 그것만이라면 조금 상하는 정도에 그쳤겠으나 정훈이 지닌 언령의 보너스 능력치, 그리고 물약, 마지막으로 무가 파괴 확률 10퍼센트까지.

이 모든 힘이 부르트강에 더해졌고, 고작 몇 번의 충돌로 전설급 무기를 부러뜨릴 수 있었다.

–트롤스베르드 '무기 파괴' 성공.

–트롤스베르드 획득.

더불어 전설급 무기를 공짜로 얻을 수 있었다.

갑작스레 사용하던 무기를 잃은 마탄은 당황할 수밖에 없었고, 정훈은 그 빈틈을 놓치지 않았다.

마탄을 향해 달려든 그의 검이 대기를 갈랐다.

위험천만한 순간, 본능적인 움직임으로 이를 회피한 마탄은 흔들리는 정신을 다잡았다.

'아직, 아직 지지 않았다.'

비록 무기를 잃었으나 패배가 확정된 건 아니다.

특히 그는 다양한 전투 경험으로 맨손 전투에도 능한 이.

파파팍.

마치 손이 수백 개로 늘어난 것처럼 사방에서 몰아닥쳤다.

그건 맨손에 불과하나 강력한 기에 둘러싸여 있기도 했다.

정훈의 부르트강은 기에 둘러싸인 마탄의 살가죽조차 베

어내지 못했다.

'시간을 주면 안 된다.'

정훈 또한 마음이 급하기는 마찬가지.

이대로 무너졌으면 수월할 뻔했으나 역시 만만한 상대는 아니었다.

아직 승기는 자신에게 있다.

이 유리한 승기를 계속 이어 나가지 못한다면 승부는 장담할 수 없는 일이었다.

"나의 눈은 천리 밖의 모든 것을 바라볼 수 있으니."

키잉!

거인 학살자 세트가 지닌 능력 중 하나.

천리안을 지닌 해임달의 권능을 잠시나마 빌릴 수 있다.

오딘의 안대가 지닌 능력과도 비슷하지만, 훨씬 강력하다.

아주 짧은 순간 그의 시야에 비치는 황금색 선과 같은 궤적은 앞으로 있을 마탄의 움직임을 예지했다.

"오라, 황금의 말 굴토프."

돌연 생성된 황금의 가루와 같은 것이 발밑에 모이더니 이내 형체를 이루었다.

그것은 바로 해임달의 애마, 굴토프. 황금의 정수리란 뜻을 가진 말이었다.

굴토프에 탑승한 그 짧은 순간, 그의 공격, 이동속도는 모든 것을 초월한다.

그것은 현재 정훈이 할 수 최선의 공격. 혼신을 다한 최후의 일격이 예지했던 한 점을 향해 쏘아져 나갔다.

푸욱.

정적 속에서 울린 건 살을 꿰뚫는 섬뜩한 소리.

"커, 커컥!"

고통에 찬 신음을 내뱉은 마탄이 두 눈을 부릅뜬 채 지면으로 허물어졌다.

모두의 예상과는 다른 결과를 낳은 결투가 끝이 났다.

황급히 달려간 마젤란이 마탄의 상세를 살펴봤으나, 고개를 저을 뿐이었다.

즉사.

손을 쓸 수조차 없었다.

조금은 망연자실한 모습. 그것은 다른 친위대, 마탄의 형제들 또한 마찬가지였다.

"이런 찢어 죽일 놈!"

"감히 우리 형제를 건드리다니!"

죽음을 확인한 친위대의 분노가 극에 달했다.

그들 모두는 형제다. 특히 친위대의 결속력은 다른 이들에 비할 바가 아니었다.

당장에라도 달려가 찢어 죽일 것만 같은 기세였다. 아니, 그건 기세만이 아니라 실제로 움직이려는 몇몇 이들도 있었다.

사나운 기세를 품은 이들이 정훈을 덮치려는 그 찰나의 순간······.

쿵!

쉽게 진정되지 않을 것 같았던 불붙은 기세가 한순간에 끊겼다. 그것도 고작 발을 구르는 간단한 동작으로 인해 말이다.

모두의 시선이 소리의 근원지로 향했다.

그곳엔 주변의 모든 기세를 압도하며 성난 파도를 일으키는 마그니가 있었다.

"감히 누가 소란을 피우려는 것이냐!"

미증유의 힘이 깃든 외침에 할 수 있는 건 그 저 침묵하는 것이었다.

이 모든 분위기를 만든 장본인, 마그니의 고개가 정훈쪽을 향했다.

'모든 게 내가 자초한 일이다.'

마탄의 죽음 당시만 해도 그 또한 분노할 수밖에 없었다.

내심 어여삐 여기던 자식의 죽음이었으니 어찌 그렇지 않겠는가.

하지만 분노가 자책으로 바뀌는 건 찰나에 불과했다.

사실 이 모든 일을 자초한 건 인재를 제대로 알아보지 못한 자신의 안목 때문이었다.

'비록 아끼던 자식은 잃었으나, 대신 더 훌륭한 인재를 얻지 않았는가.'

핏줄로 이어지지 않았다는 점만 빼면 그 실력에 의문을 제기할 수 없다. 그들 모두가 보는 앞에서 친위대의 일석을 꺾어 버렸으니 말이다.

실력이 곧 모든 것을 증명하는 가치다.

마그니의 신념은 자식의 죽음 따위에 흔들리지 않았다.

"보아라. 한정훈은 자신의 실력을, 친위대의 일원이 될 자격이 있음을 우리에게 확인시켜 주었다."

그 무엇보다 확실한 방법으로 말이다.

이젠 그에 맞는 보상을 부여해야 할 때다.

"들어라, 나의 사랑하는 아이들아."

중후한 마그니의 외침이 연무장뿐만 아니라 일족의 진영 곳곳에 울려 퍼졌다.

"용사 한정훈은 자신의 실력을 증명하였다. 이에 친위대의 자격을 부여하며 그가 우리의 가족이 되었음을 널리 공표하노라."

'드디어!'

마침내 바라마지 않던 친위대의 자격을 손에 넣는 순간이었다.

"한정훈, 이리 가까이 오라."

마그니의 말이 끝나기도 전에 이미 정훈은 그를 향해 다가가고 있었다.

가까운 거리에 닿을 무렵, 마치 그래야 할 것처럼 한쪽 무릎을 꿇은 채 부복했다.

"너는 이제 나, 마그니의 친위대. 이에 그 증표를 수여하노라."

거대한 주먹이 그의 머리 위에서 멈췄다.

꽉 쥐고 있던 주먹을 펴자 푸른 기운에 휩싸인 무언가가 지면으로 떨어졌다.

그 속도는 깃털이 떨어지는 것처럼 매우 느렸다.

머리 위에서 느껴지는 기운에 고개도 들지 않은 채 양손을 받치듯 들어 올렸다.

파지직.

마침내 손에 닿은 그것은 작은 스파크를 일으켰다.

하지만 정훈에겐 아무런 고통도 가해지지 않았다.

"이제부터 한정훈에게 친위대의 일석의 직위를 부여한다."

전 일석이었던 마탄을 물리쳤다. 당연히 그 직위는 정훈에게 승계되는 게 맞다.

의식과 같은 일련의 상황이 끝난 후.

–마그니의 친위대 임명. '언령 : 마그니의 아들' 각인.
–마그니의 친위대 일석에 임명. '언령 : 마그니의 자랑스런 아들' 각인.

언령 : 마그니의 아들

획득 경로 : 마그니의 친위대 임명
각인 능력 : 근력 10퍼센트 상승

'좋군.'

곧장 언령의 상세 능력을 확인한 정훈이 만족감에 고개를 주억거렸다. 친위대에 임명되면 언령이 각인될 것으로 예상하긴 했지만, 이렇게 좋은 능력일 줄은 몰랐다.

'게다가 이것.'

아래로 손을 내린 그는 자신의 손바닥에 놓인 것을 바라봤다.

푸른 스파크가 쉴 새 없이 지직거리고 있는 삼각형의 패.

앞면에는 마그니 일족의 상징 묠니르가, 뒷면에는 숫자 1이 새겨져 있었다.

'묠니르 보패.'

친위대의 상징인 묠니르 보패.

정훈이 분란을 일으켜 가며 친위대에 들어오려고 했던 이유 중 하나였다.

몸담을 진영을 알아보던 중 알게 된 사실이 있었다.

그건 바로 자신이 몸담는 진영에 따라 다양한 능력의 혜택을 받을 수 있다는 것이었다.

마그니 일족이 지닌 묠니르 보패가 부여하는 효과는 전기 속성에 대한 저항과 속성 능력 증폭, 거기에 숨은 한 가지 능력이 더 있다.

'토르의 능력이 깃든 모든 무구의 질을 향상한다.'

당연히 그 직위에 따라 향상되는 능력의 차이가 크다.

현재 정훈은 3개의 수염을 땋을 수 있는 친위대.

당연히 능력도 향상되었겠지만, 그게 얼마만큼인지 체감하기 힘들다.

즉시 효과를 확인하기 위해 토르의 무장을 착용했다.

천둥의 망치 묠니르와 2배 근력을 상승시키는 메긴교르드, 그리고 쇠장갑 야른그레이프에 이르는 에다의 보물 세트.

파즈즈즈.

정훈의 몸 주변을 감싸고 도는 스파크의 양이 예전과는 비교할 수 없을 정도였다.

'이 정도면 최소 불멸급은 되겠는데.'

보패로 향상된 능력을 확인한 정훈은 놀랄 수밖에 없었다.

전설급 위력을 지니고 있었던 에다의 보물 세트는 보패의 증폭 효과로 인해 불멸급 이상의 무구로 바뀌어 있었다.

그것도 불멸급 중에서도 최상급에 속하는 것이었다.

'친위대가 이 정도인데 장로쯤 되면…….'

어쩌면 태고급의 능력을 발휘할 수 있을지도 모른다.

그리고 최종 목표인 '그것'마저 손에 넣게 된다면 그 능력은 상승을 초월하게 될 터.

물론 그 모든 과정이 쉽지는 않을 것이다.

하지만 반드시 이루고 말리라. 정훈은 지금 이 순간 다시 한 번 굳은 각오를 다졌다.

❦

힘들게 친위대에 들어간 지도 벌써 4주가 지났다.

그간 정훈의 일상을 한마디로 표현하자면 '지루함'으로 대체할 수 있을 정도였다.

아침 일찍 일어나 밥 먹고 훈련. 점심 먹고 훈련. 저녁 먹고 취침. 훈련, 훈련, 훈련, 훈련. 온통 훈련의 나날이었다.

물론 아주 수확이 없었던 건 아니다.

다양한 전투 기술을 지닌 친위대와 대련하면서 그 자신의 실력을 상당히 다듬을 수 있었던 것.

하지만 그것만으론 정훈의 욕심이란 그릇을 채울 순 없었다.

'이제 10일밖에 안 남았는데.'

오전 훈련이 끝나고 난 후의 휴식 시간. 연무장 한쪽 구석에 누운 정훈의 마음은 조급하기 그지없었다.

그가 신 아스가르드에 머물 수 있는 기간은 2,400시간, 즉 100일 뿐이었다.

그렇기에 각종 사고를 일으켜 가며 친위대에 들어갔건만

지금은 그저 허송세월을 보내고만 있었다.

'그렇다고 사고를 칠 수도 없고. 골치가 아프네.'

친위대에 소속된 지금 그의 행동반경은 더욱 제한되었다.

괜히 분란이라도 일으켰다간 친위대에서도 제명될 판이었기에 몸을 조심할 수밖에 없었던 것이다.

'이대로 그냥 지나갈 리는 없을 텐데.'

그래도 끝까지 포기하지 않았다.

이 잔혹한 생존 게임의 특성상 그냥 넘어갈 턱이 없으니 말이다.

분명 무언가 대형 사고가 터질 것이…….

콰콰쾅!

별안간 폭음이 들려왔다.

그리 멀지 않은 곳에서 들리는 것을 봐선 일족의 진영 안에서 일어난 소란이 틀림없었다.

'왔구나!'

지난 30일 동안 평온하기 그지없었던 진영. 정훈은 기다리던 때가 왔음을 직감할 수 있었다.

"비상, 비상!"

얼마 지나지 않아 제10 장로인 마로이가 긴급 소집을 알렸다.

삼삼오오 모여 있던 친위대는 재빨리 무장을 갖춘 채 연무장 사열대에 모여들었다.

고작해야 1분이 지나기도 전 400명의 친위대 전원이 열을 맞춰 섰다.

얼마 지나지 않아 마그니가 도착했다.

"듣거라, 나의 아들들아."

여느 때보다 더욱 분노한 그의 외침이 쩌렁하게 울렸다.

"우려했던 대로 저 간악한 발더와 비다르가 합심하여 우리를 위협하는구나."

사실 신 아스가르드에서 유력한 주신 후보로 꼽히는 게 눈앞에 있는 마그니였다.

출신 성분에 구애받지 않는 실력 위주의 인재 등용, 그리고 아버지와 같은 인자함과 엄격함을 지닌 그 성격이 주신에 합당하다는 의견이 지배적이었던 것이다.

이에 불안감을 느낀 발더와 비다르는 알게 모르게 동맹 전선을 구축하여 마그니를 견제하고 있었다.

물론 지금까진 그 전선이 은밀하게 이루어지고 있었던 터라 그리 위협적이진 못했으나, 오늘 이 순간 이후로는 동맹 사실을 널리 공표하며 공격을 가해 왔다.

"저들은 우리가 거인들과 결탁했다는 말도 안 되는 이유를 들먹이고 있다."

아무리 주신 선정으로 대립하고 있다지만 명색이 같은 신족이다. 유혈 사태를 일으킬 만한 명분이 필요했고, 발더와 비다르 동맹이 명분으로 삼은 건 마그니가 거인들과 결탁했다는 점이었다.

말도 안 되는 이런 이유가 명분이 될 수 있는 건 마그니의
핏줄과도 관계가 있다.

마그니의 아버지 토르는 거인 야른삭사와 혼인하여 그와
동생 모디를 낳았다. 이렇듯 신족과 거인의 혼혈인 점을 들
먹이며 신빙성을 더한 것이다.

물론 신빙성이라고 하지만 말도 안 되는 억지에 불과하다.
하지만 작정한 발더와 비다르 동맹에겐 억지에 불과한 명분
이라도 상관없었다.

어차피 이번 전투를 통해 마그니 진영을 멸족시킬 작정이
었기 때문이다. 마그니 또한 그 사실을 알고 있기에 배수의
진을 치기로 작정한 것이었다.

"벌써 나의 많은 아이, 너희의 형제들이 목숨을 잃어 가고
있다. 이대로 가만있을 수 있겠느냐?"

마그니가 한마디 한마디를 내뱉을 때마다 피가 끓어올랐다.

전투감이 고양되다 못해 당장에라도 달려가 적들을 쳐죽
여야만 직성이 풀릴 지경이었다.

–마그니의 함성이 울려 퍼진다.
–모든 능력치가 20퍼센트, 공격, 이동속도가 20퍼센트 상승.

그건 단순한 기분이 아니었다.

마그니의 함성이라는 버프로 몇몇 능력치가 대폭 상승했다.

"가라, 나의 아들들아. 너희의 힘을 적들에게 똑똑히 새겨주어라."

마그니 일족의 전투 방식은 오직 하나다.

각개격파. 진영을 유지하지 않은 채 각자 흩어져 때리고 부순다. 그건 친위대라고 해서 다를 바 없다.

"우오오오!"

"아버지를 위해!"

몸속에 차오르는 고양감을 느낀 친위대가 제각기 흩어졌다.

이제 저들은 한 마리 맹수가 되어 적진을 사납게 휘저을 것이다.

'이건 마지막 기회다.'

정훈은 이것이 자신에게 온 마지막 기회임을 느꼈다, 여기서 큰 공을 세워야만 직위의 상승은 물론 최종 목적한 그것을 얻을 수 있음을.

지체할 것 없이 곧장 몸을 튕겼다.

지면을 박찬 그가 쏘아진 화살처럼 나아갔고, 그 목적지는 조금 전 폭음이 들렸던 곳이었다.

다음 권으로 이어집니다

덕민 현대 판타지 장편소설

두 개의 심장을 가진 자

감탄이 나오는 얽히고설킨 치밀한 구성
수컷 냄새 물씬 풍기는, 묵직한 수사 활극!

저주처럼 머릿속에 각인된 프로파일링 능력으로
모든 범죄를 꿰뚫어 볼 수 있는 형사 박상욱

잃어버린 과거를 파헤칠수록 접하게 되는 비밀과 무공
그리고 피해 갈 수 없는 세상 밖 세상, 쟁천의 무리

재벌도 명문가도 악마도, 그냥 범죄자일 뿐
싹 다 조져 버려!

ROK MEDIA